Verlockende Begierde

Buch 9
Die Wölfe der Twin Moon Ranch

Anna Lowe

Übersetzung aus der englischsprachigen
Originalversion ins Deutsche durch
Michael Krug

Umschlaggestaltung:
Fiona Jayde

Inhaltsverzeichnis

www.annalowe.de

Kapitel 1

„Frohe Weihnachten", rief Nala vom Fahrersitz ihres Autos.

Ihre Freundin Kristen lehnte sich durch die offene Beifahrertür und ließ eisige Winterluft hereinströmen. „Vielen Dank fürs Mitnehmen. Und danke, dass du den Umweg gemacht hast, um mich nach Hause zu bringen."

Nala lächelte. „Kein Ding. In diesem Teil von Vermont bin ich schon länger nicht gewesen. Und außerdem war ich dir was schuldig."

Sie schuldete Kristen wirklich etwas für ihre Hilfe im vergangenen Semester. Und der Abstecher nach Vermont machte ihr überhaupt nichts aus. Während der gesamten Fahrt aus Boston waren sie von winterlichen Feldern und Wäldern umgeben gewesen. Wenn sie die Aussicht nur mehr genießen könnte. Zum gefühlt tausendsten Mal in der letzten Stunde warf Nala einen Blick in den Rückspiegel.

Niemand da. Sie würden dir nicht so weit folgen, versuchte sie, sich einzureden.

„Warum schaust du ständig zurück?", fragte Kristen.

Nala überspielte es, indem sie sich das blond-braune Haar mit den Fingern zu einem lockeren Pferdeschwanz zurückkämmte. „Ich versuche nur, dieses Chaos zu bändigen. Du weißt schon."

Kristen lachte. „Das liegt daran, dass du so viel läufst. Hast du vor, auch über die Feiertage zu trainieren?"

„Na ja, der Boston Marathon ist im April, also..." Sie verstummte. Wolfsgestaltwandler begleitete ein ständiger Bewegungsdrang. Das Laufen half ihr, in der Stadt nicht den Verstand zu verlieren – was sie ihren Freunden schwer erklären konnte. Allerdings war sie damit in letzter Zeit nachlässig geworden – mehr aus Angst als aus Faulheit.

„Bist du sicher, dass du die Heimfahrt allein schaffst?", fragte Kristen.

Klar – solange mir keine Vampire auflauern. Nala wünschte, sie könnte es aussprechen.

Aber wie die meisten Menschen hatte Kristen keine Ahnung von den übernatürlichen Wesen, die unter ihnen lebten. So sehr es Nala widerstrebte, Geheimnisse vor ihren Freunden zu bewahren, Kristen wusste nicht, dass Nala eine Gestaltwandlerin war, deren Familie eines der größten Wolfsrudel in New England anführte. Und von Vampiren wusste Kristen erst recht nichts. Sogar Nala hatte nicht viel über sie gewusst, bis...

Schaudernd verdrängte sie die Erinnerung und verstärkte den Griff der Hände ums Lenkrad.

„Kein Problem. In ein paar Stunden bin ich zu Hause. Ich wünsche dir tolle Ferien. Lern nicht zu viel."

Kristen lächelte. „Du auch nicht." Sie zeigte auf die Kiste mit Büchern, die Nala auf dem Rücksitz hatte. *Die Dynamik von Ökosystemen* lugte oben heraus, *Umweltrecht und -politik* gleich darunter.

„Erinnere mich nicht daran." Sie stöhnte. „Aber noch ein Semester, dann können wir unsere Abschlussdiplome rahmen. Wir beide."

Kristen klopfte sich die Hände ab, als hätten sie den Abschluss schon in der Tasche. „Ich kann es kaum erwarten. Aber im Ernst. Genieß die Weihnachtsfeiertage." Ihre Augen funkelten, als sie sich vorbeugte und flüsterte: „Wird er da sein?"

Nala täuschte ein Lächeln vor, das sie nicht empfand. Harrison? Der Mann, in den sie seit Jahren vernarrt war? Der wahrscheinlich vergessen hatte, dass es sie überhaupt gab?

„Das bezweifle ich."

Harrison hatte die Berkshires vor Jahren verlassen. Seither hatte niemand mehr etwas von ihm gehört. Nicht mal Nalas älterer Bruder, sein bester Freund. Und schon gar nicht sie, die den beiden immer wie ein treues Hündchen hinterhergedackelt war.

Nur sollte eine jugendliche Schwärmerei eigentlich verblassen. Die Sehnsucht nach Harrison jedoch wurde jeden Tag ausgeprägter.

„Wer weiß?" Kristen zwinkerte. „Vielleicht überrascht er dich ja. Du weißt schon, unter dem Mistelzweig."

Allein bei dem Gedanken raste eine Hitzewelle durch Nalas Körper. Gott, was hatte sie schon davon geträumt, Harrison zu küssen. Na ja – eigentlich träumte sie von wesentlich mehr als nur von Küssen. Aber mehr als Träumen war in den sechs langen Jahren seit seinem Verschwinden nicht möglich gewesen.

Als sie daran zurückdachte, wie seine große, schlaksige Gestalt über einen Bergrücken verschwunden war und wie viele Weihnachtsfeiertage sie seither ohne ihn verbracht hatte, pochte ihr Herz traurig.

„Also, bis bald." Kristen klopfte aufs Autodach. „Und fahr vorsichtig. Der Schneefall setzt früher ein, als ich dachte."

Nala betrachtete die zarten Flocken, die über die beschauliche Landschaft von New England trieben. Laut Vorhersage sollte es morgen einen heftigen Schneesturm geben, aber in den nächsten Stunden sollte Nala noch keine Probleme mit dem Wetter bekommen.

„Ich sollte wohl besser los. Frohe Weihnachten!"

„Frohe Weihnachten!"

Nala hupte, als sie losfuhr, wieder Richtung Süden. Sie passierte ein Schild mit der Aufschrift *Danke für Ihren Besuch in Cold Hollow*, dann ließ sie die letzten Häuser der kleinen Ortschaft hinter sich. Ihre Heimatstadt war kaum größer. Und obwohl die Berge um sie herum nicht ganz so majestätisch waren wie die Green Mountains von Vermont, konnte sie es kaum erwarten, zurück in die Berkshires zu kommen. Auch ohne Harrison hatte sie dort ihr Zuhause. Ihre wahre Heimat. Vor achtzehn Monaten hatte sie sich darauf gefreut, nach Boston zu ziehen. Mittlerweile jedoch war sie bereit, an einen Ort zurückzukehren, der ihrer Wolfsseele besser behagte. Und mehr als bereit, für ihr Rudel zu arbeiten.

Ich bin bereit für meinen Gefährten, brummte ihre innere Wölfin.

Nun ja... Das hatte sie nicht wirklich selbst in der Hand. Und wer wusste schon, ob Harrison überhaupt wirklich ihr Gefährte war? Als sie ihn zuletzt gesehen hatte, war sie gerade mal achtzehn Jahre alt gewesen. Vielleicht hatte ihr Herz ihr damals einen Streich gespielt.

„Nur noch ein Semester, bevor wir wieder nach Hause ziehen", murmelte sie.

Ihre Wölfin verzog das Gesicht und strafte sie mit Schweigen.

Nala schaltete das Radio ein und versuchte, ihre Stimmung aufzulockern, indem sie das neueste Weihnachtslied für wohltätige Zwecke mitsang. Eine Zeit lang funktionierte es. Durch die Musik und die erhabene Landschaft entspannte sie sich allmählich, schob ihre Sorgen weiter und weiter von sich.

Dann, etwa fünfzehn Kilometer nach Cold Hollow, warf sie einen Blick in den Rückspiegel und erstarrte.

„Mist."

Ein schwarzer SUV erschien kurz auf der Straße hinter ihr und verschwand, als sie um eine Kurve bog.

Die Straße schlängelte sich hin und her, und Nalas Blick wechselte zwischen der Fahrbahn und dem Spiegel. Vielleicht hatte sie sich etwas eingebildet. Vielleicht regte sie sich völlig umsonst auf. Vielleicht...

Als sie auf einen geraden Abschnitt gelangte, tauchte der SUV wieder auf. Ein schwarzer Mercedes mit Kennzeichen aus Massachusetts und getönten Scheiben.

Kacke, Kacke, Kacke. Ihr Herz pochte wild in der Brust, während ihr Blick weiter zwischen der Straße vor ihr und dem Auto hinter ihr pendelte.

Es könnte ein anderes Auto sein. Es muss nicht unbedingt der Feind sein, versuchte sie, sich einzureden.

Kaum hatte sie die nächste Kurve hinter sich, gab sie Gas und beschleunigte.

Bitte nicht er. Nicht Hlavek. Lass es nicht ihn sein.

Mit angehaltenem Atem behielt sie den Spiegel im Auge und stieß die Luft aus, als der SUV wieder in Sicht geriet.

Fahr schneller, drängte ihre Wölfin. *Wenn es jemand anders ist, wird er nicht beschleunigen, um uns zu folgen. Wenn er es ist...*

Gott, was dann?

Nala schaltete das Radio aus und fuhr trotz des Schneegestöbers auf der Straße schneller.

Atme einfach. Kein Grund zur Panik, sagte sie sich wieder und wieder.

Aber was, wenn er es wirklich war?

Sie kramte nach ihrem Handy und holte es hervor. Panisch ihre Familie anzurufen, war das Letzte, was sie wollte. Und selbst, wenn sie es täte, wie schnell könnte jemand bei ihr sein? Sie befand sich Stunden von zu Hause entfernt. Was umgekehrt bedeutete, dass jegliche Hilfe mehrere Stunden bräuchte, um sie zu erreichen – vorausgesetzt, sie hätte überhaupt Empfang für einen Anruf. Sie hatte noch niemandem von ihrem Stalker erzählt, weil sie befürchtet hatte, man würde sie sonst nie wieder von zu Hause weg lassen. Abgesehen davon wollte sie ihre Familie nicht in ihre Probleme hineinziehen.

Aber hatte sie überhaupt noch eine andere Wahl?

„Mist." Sie warf das Handy beiseite. Kein Empfang. Nicht auf dieser abgeschiedenen, einsamen Straße.

Die nächsten paar Kurven fehlte von dem SUV jede Spur, und Nala hätte beinah schon erleichtert aufgeatmet. Dann jedoch blitzte das Chrom der Stoßstange des Wagens in der Sonne auf. Zwei Kurven später hatte er wieder aufgeholt.

Mist. Sie waren es wirklich. Vampire.

Nala fuhr so schnell, wie sie es wagte, aber es gelang ihr nicht, den SUV abzuschütteln. Ein brennendes Gefühl im Nacken verriet ihr, dass es sich um denjenigen handelte, den sie fürchtete.

Andreas Hlavek. Was eine sehr schlechte Neuigkeit war.

Natürlich hatte man sie vor ihrem Umzug nach Cambridge, Massachusetts – einer der ältesten Gegenden von Boston – davor gewarnt, dass es dort von Vampiren wimmelte. Ihre Eltern waren alles andere als erfreut darüber gewesen, dass sie ihren Abschluss in der Stadt machen wollte, obwohl man sie in Harvard angenommen hätte. Nur widerwillig hatte man sie gehen lassen.

Nala konnte sie bloß deshalb überzeugen, weil übernatürliche Wesen aller Art – Gestaltwandler, Wasserspeier, Hexen und ja, auch Vampire – einen Waffenstillstand ausgehandelt hatten, der für den Großraum Boston galt. Allerdings war es ein sehr brüchiger Waffenstillstand, der auf dem Grundsatz beruhte: *Beißt du mich nicht, beiße ich dich nicht.* Für sich genommen war ein einzelnes übernatürliches Wesen wesentlich mächtiger als ein gewöhnlicher Mensch. Nur hatten die Menschen ihre gewaltige Überzahl auf ihrer Seite. Deshalb fürchteten sich alle übernatürlichen Wesen vor Entdeckung. Angriffe jeglicher Art erregten unerwünschte Aufmerksamkeit. Darum wahrten sogar Geschöpfe, die sich normalerweise gegenseitig bekriegten, in der Stadt den Frieden. Es hatte Jahre gedauert, die Menschheit davon zu überzeugen, dass übernatürliche Wesen ins Reich der Legenden gehörten und nicht als Nachbarn in moderner Zeit neben ihnen lebten.

Deshalb hielten sich Hexen an ihre Zirkel und setzten ihre Zauber sparsam ein. Gestaltwandler verbargen ihr Fell, ihre Klauen und ihre Schwänze und sparten sich das Anheulen des Mondes für Wochenendausflüge in die Berge auf. Wasserspeier versteckten sich mitten in der Öffentlichkeit und ließen größte Vorsicht walten, wenn sie sich von Statuen aus Stein hoch droben an Kathedralen in Menschen verwandelten, die wie alle anderen durch die Straßen liefen – wenn auch ein bisschen steif in den Gelenken. Und Vampire ließen ihre Fänge nicht sehen und ihre Opfer nicht in den Nachrichten auftauchen.

Größtenteils funktionierte der Waffenstillstand, und die übernatürlichen Wesen gingen sich gegenseitig aus dem Weg.

Bis zu dem Tag, an dem Nala auf Andreas Hlavek gestoßen war, einen tagaktiven Vampir. Damals war sie mit dem Fahrrad unterwegs zur Uni, geriet in ein Schlagloch, segelte durch die Luft und schlug sich das Knie auf. Ein paar freundliche Passanten halfen ihr hoch. Den Vampir darunter nahm sie erst viel zu spät wahr.

„Oh weh, Liebes. Geht es dir gut?", hatte eine ältere Frau gefragt.

Als rasant genesende Gestaltwandlerin bestand ihr größtes Problem darin, dass sie zu schnell heilte – zum Beispiel, indem sich ihre Haut vor den Augen von Menschen regenerierte. Also nickte sie und bedeckte dabei ihr Knie. Allerdings erst, nachdem Andreas ihr aufgeholfen hatte, indem er den Arm durch ihren hakte. Der perfekte Gentleman – bis sie die Hand bewegte und ihn dabei mit ihrem Blut beschmierte.

Abrupt riss er die Augen auf. Seine Nasenflügel blähten sich, und er hob sich wortlos ihre Hand an die Lippen. Dann leckte er ihr Blut davon ab, und jeder Nerv in ihrem Körper erzitterte.

Erstarrt beobachtete sie, wie er den Geschmack genoss. Er suchte nach weiteren Resten ihres Bluts, um sich an mehr davon zu laben. Dann sah er sie mit einem völlig neuen Glanz in den Augen an.

Lecker, besagte sein Gesichtsausdruck. *Ich will mehr.*

Nala hatte sich wieder auf ihr Fahrrad geschwungen und war davongeradelt. Weit weg. Schnell. Panisch. In jener Nacht hatte sie alle Fenster überprüft und die Tür dreifach verriegelt, was ihre Mitbewohnerin beunruhigt hatte.

„Was ist los?", hatte Kristen gefragt.

Nala wünschte damals, sie könnte ihr die Wahrheit sagen. *Ich hatte eine Begegnung mit einem Vampir, der sich nach der Vorspeise einen Nachschlag holen will.*

Sie begnügte sich mit etwas, das der Wahrheit noch am nächsten kam. „Ich fürchte, ich könnte einen Stalker haben."

Und verdammt: Plötzlich stimmte es tatsächlich.

„Hallo, Nala." Seine aalglatte Stimme ließ sie zusammenzucken, als sie am nächsten Tag den Hörsaal verließ.

Mist. Woher kannte er ihren Namen?

„Halt dich verdammt noch mal von mir fern", murmelte sie und eilte davon.

Überraschenderweise tat er es – gewissermaßen. Allerdings ertappte sie ihn immer wieder dabei, wie er sie aus der Ferne beobachtete. Sie spürte dann ein Kribbeln im Nacken, und wenn sie sich umdrehte, entdeckte sie Hlavek, der sie verfolgte. Oder sie bog um eine Ecke und fand ihn auf sie wartend vor, obwohl sie einen Umweg zur Universität eingeschlagen hatte. Als hätte der Mann sie mit einem Peilgerät im Auge.

Nala hatte sich niemandem anvertraut und gehofft, der Vampir würde es leid werden, ihr aufzulauern. Dann jedoch ging es mit den Briefen los.

Ich kann nicht aufhören, an dich zu denken...

Ich träume jeden Tag und jede Nacht von dir...

Jede Frau, mit der ich zusammen war, schwört hoch und heilig, dass ich ihr den Höhepunkt ihres Lebens beschert habe...

In meinen Träumen schmecke ich dich...

Der Fahrradunfall lag zwei Wochen zurück. Seither glich ihr Leben einem Albtraum. Aber Vampire galten als Stadtbewohner, die Kälte hassten. Deshalb dachte Nala, ihr könnte nichts passieren, wenn sie Kristen nach Vermont brächte und anschließend nach Hause führe. Und kein Ort wäre sicherer als ihr Zuhause. Nicht mal ein Vampir würde es wagen, in das Gebiet des größten Wolfsrudels von New England einzudringen.

Sie warf einen weiteren Blick in den Spiegel, bevor sie auf den Tacho schaute und sich auf die Unterlippe biss. Ja, zu Hause würde sie in Sicherheit sein. Das Problem war nur, dass sie nicht zu Hause war. Stattdessen befand sie sich auf einer abgeschiedenen Landstraße, und es war weit und breit keine Hilfe in Sicht.

Kapitel 2

Nala trat das Gaspedal durch und raste weiter, während sich ihre Gedanken überschlugen. Was sollte sie tun? Wohin sollte sie sich wenden?

Der kleine Honda, den sie gebraucht gekauft hatte – sehr gebraucht –, konnte es mit dem glänzenden neuen SUV nicht aufnehmen. Und obwohl sie schon so manchen großspurigen Gestaltwandler mit ihrem Kampfgeschick beeindruckt hatte, wäre sie einem Vampir nicht gewachsen – oder schlimmer noch, mehreren Vampiren. Denn sie bezweifelte, dass Hlavek allein so weit reisen würde.

Der Motor des Honda dröhnte, als sie weiterraste.

„Wow", murmelte sie, als das Auto durch eine Kurve schlitterte. Das Flockengestöber war dichter geworden. Der Schnee sammelte sich allmählich auf der Straße.

Du kannst ihnen nicht davonfahren, sagte ihre Wölfin. *Du kannst sie nur überlisten.*

Nala knirschte mit den Zähnen. Wäre ein langsam denkender Wasserspeier hinter ihr gewesen, hätte darauf vielleicht eine Chance bestanden. Aber Vampire waren gerissene, skrupellose Bestien.

Also denk nach. Denk nach!

Ein rosa Schein zeichnete sich am bedeckten Himmel ab, und obwohl dichte Wolken die Sonne verhüllten, wusste Nala, dass die große gleißende Scheibe näher zum Horizont sank.

„Komm schon. Komm schon...", drängte sie das Auto um eine weitere Kurve.

Peacham, Vermont, stand auf einem Schild. *5 Kilometer.*

Fünf Kilometer. Konnte sie noch fünf Kilometer durchhalten?

Sie beugte sich vor wie eine Reiterin, die ihr Ross antrieb, und kaute dabei auf der Unterlippe. Selbst, wenn sie es vor den Vampiren ins Dorf schaffte: Was dann? Sie bezweifelte stark, dass dort eine Gruppe von Vampirjägern bereitstehen würde, um den Feind mit flackernden Fackeln und angespitzten Pflöcken in Empfang zu nehmen.

Wieder überprüfte sie das Telefon. Immer noch kein Empfang.

Irgendwie musste sie sich die Ortschaft zunutze machen, um ihre Feinde zu überlisten. Könnte sie die Vampire vielleicht bei einer Abzweigung abschütteln? Oder in den Wald fahren und warten, bis sie vorbeibrausten?

Der SUV raste näher – so nah, dass der Kühlergrill des Mercedes den gesamten Spiegel ausfüllte und Nala entgegenschimmerte wie riesige Zähne aus Metall. Dann jedoch kam ein Auto aus der anderen Richtung entgegen, und der SUV ließ sich zurückfallen.

Nala zwang sich, gleichmäßig zu atmen und nicht nach Luft zu schnappen. Die Vampire würden es nicht riskieren, sie vor Zeugen von der Straße zu drängen.

Was willst du von mir? hätte sie am liebsten gebrüllt.

Kaum hatten sich die Worte in ihrem Verstand gebildet, drängte Nala sie zurück, denn sie hatte sie Hlavek eines Tages in Cambridge tatsächlich an den Kopf geschleudert. Er hatte sie nur mit einem unbekümmerten Blick gemustert.

Dein Blut, hatte er dabei geflüstert. *Bis zum letzten Tropfen.*

Also nein. Die Frage würde sie nicht noch einmal stellen. Sie drosch mit der Faust aufs Lenkrad. Warum interessierte sich Hlavek ausgerechnet für sie so sehr?

Gestaltwandlerblut, ertönte ein Flüstern in ihrem Hinterkopf. *Mächtiges Gestaltwandlerblut. Es würde ihn nähren. Ihm Macht verleihen. Stärke.*

Nala wollte brüllen, dass sie nicht mächtig war. Nicht wie ihre ältere Schwester Lana, die Alphafrau des Twin Moon Rudels, das rasant zur stärksten Gruppe von Gestaltwandlern im Südwesten aufgestiegen war. Ebenso wenig war Nala wie ihre älteren Brüder, die darauf getrimmt worden waren, eines Tages ihr Rudel anzuführen. Sie verkörperte das Küken der Familie, war Expertin für Naturschutz. Ein Niemand.

Ihre innere Wölfin schnaubte.

„Komm schon…", murmelte sie und stellte die Scheibenwischer auf Hochtouren, als der Schneefall immer dichter wurde.

Als sie die Kuppe eines Hügels erreichte, sichtete sie weiter vorn einen Kirchturm. Das Dorf befand sich nah, aber die Vampire klebten ihr immer noch dicht an den Fersen.

Von rechts schwenkte ein Ford aus der Einfahrt einer Farm, und Nala scherte auf die linke Spur, um ihn zu überholen. Dabei erhaschte sie einen flüchtigen Blick auf einen erschrockenen älteren Fahrer und wünschte, sie könnte bremsen und es ihm erklären. *Entschuldigen Sie die Eile, aber ich versuche gerade, Vampire abzuschütteln.*

Richtig. Genau. Das wäre bestimmt hilfreich.

Vor ihr tauchte ein entgegenkommender Laster auf, und auf einmal brüllte jeder Instinkt in ihr: *Jetzt! Los! Los!*

Nala beschleunigte und holte alles aus dem Honda heraus, was sie konnte.

Tröööööt! Hinter ihr wurde wild gehupt, und sie ballte triumphierend die Hand zur Faust, als sie sah, was passiert war. Der SUV wollte den Ford überholen, aber der entgegenkommende Laster blockierte die Überholspur, und die Vampire konnten nicht an dem langsamen Ford vorbei.

Los! Los! heulte ihre Wölfin.

Groß war der Vorsprung nicht, aber Nala würde nehmen, was sie kriegen konnte. Sie raste um eine Kurve und passierte eine überdachte Brücke, die sich über einen felsigen Bach spannte. Dann brauste sie in das Dorf – eine wunderschöne kleine Ortschaft in New England, behangen mit Weihnachtsbeleuchtung, goldenen Glocken und übergroßen Winterbeeren.

Friedlich, idyllisch. Ein Jammer, dass Nala den Eindruck ruinieren musste, indem sie mit quietschenden Reifen durch eine enge Kurve in eine Seitenstraße raste. Die äußeren Räder des Autos hoben kurz vom Asphalt ab, bevor sie wuchtig wieder auf dem Boden landeten. Nalas Knöchel traten weiß hervor, während sie durch eine Abfolge weiterer Kurven bretterte.

Sie spähte in den Rückspiegel und atmete aus, als der SUV nicht auftauchte. Nachdem sie erst nach rechts und dann nach links abgebogen war, geriet eine jener für New England so typischen Dreierkreuzungen in Sicht. Welche Abzweigung führte in Sicherheit? Welche würde ihr helfen, die Vampire abzuschütteln?

Sie schürzte die Lippen, als sich die Kreuzung näherte. Sollte sie scharf nach rechts abbiegen und auf einem Weg parallel zu der Straße zurückfahren, über die sie in die Ortschaft gekommen war? Sollte sie neunzig Grad in Richtung der Wälder schwenken? Oder sollte sie lieber die linke Abzweigung durch eine Wohnstraße nehmen?

Sie schüttelte den Kopf und entschied sich für den Wald, doch in letzter Sekunde brachte sie irgendetwas dazu, den gesamten Körper – und das Auto – in eine scharfe Rechtskurve zu werfen.

Hier lang, schien die Straße ihr zuzurufen. *Dieser Weg führt zu Hilfe.*

Was verrückt war. Wer sollte Nala hier draußen schon helfen können?

Sie schaute zurück. Immer noch kein SUV, Gott sei Dank. Mit etwas Glück hatte sie das Fahrzeug vor sechs Kurven abgeschüttelt. Trotzdem trat sie das Gaspedal wieder durch und brauste die schmale Straße hinunter.

Nach zwei, drei Kilometern verlangsamte sich allmählich ihr Herzschlag, und sie atmete tief durch. Sie hatte die Vampire hinter sich gelassen. Nun musste sie nur noch einen Highway finden und schleunigst ab nach Süden. Nala griff sich vom Beifahrersitz eine Karte und spähte darauf hinab, um sich zu orientieren.

„Mist!", entfuhr es ihr, als sie gerade noch rechtzeitig aufschaute, um die nächste Kurve zu erwischen.

Sie dachte schon, sie hätte es geschafft, dann jedoch drehten die Hinterräder durch, und das Auto schlitterte seitwärts. Ein Ruck ging durch die Reifen, und...

Wumm! Der Honda prallte gegen eine Schneewehe, bevor auf den Zusammenstoß völlige Stille folgte.

Eine gute Minute lang saß sie regungslos da, umklammerte das Lenkrad und lauschte ihrem keuchenden Atem.

Dir ist nichts passiert, sagte sie sich dabei in Gedanken vor. *Dir ist nichts passiert.*

Ihre Hände zitterten, als sie den Gang einlegte, die Kupplung kommen ließ und sich rasch wieder in Bewegung setzen wollte. Aber obwohl sie bereit dazu war – mehr als bereit –, spielte das Auto nicht mit. Die Räder drehten sich, und das Fahrzeug rührte sich nicht von der Stelle.

„Mist."

Nala stieg aus, schloss den Reißverschluss ihres Anoraks und zog die Schultern gegen den Schneefall an, der sich in ihrem Haar und ihren Wimpern verfing. Gott, wann hatte es angefangen, so stark zu schneien?

„Nein. Nein. Nein." Sie schüttelte den Kopf beim Anblick des Hinterreifens, der in einer tiefen Furche feststeckte, wo der Asphalt in Erde überging.

Nala stemmte sich mit aller Kraft dagegen, aber es war sinnlos. Allein würde sie das Auto unmöglich bewegen können.

Stöhnend legte sie sich noch einmal ins Zeug, bevor sie abrupt aufhörte. Hatte sie gerade jemanden von den Feldern rufen gehört? Eine vertraute Stimme im Wind: *Warte.*

Blinzelnd spähte sie ins Schneegestöber, sah jedoch weit und breit keine Seele. Niemanden, der ihr helfen konnte. Auch keinen Ort, an den sie flüchten konnte.

Dann hilf dir selbst, Dummerchen! spornte ihre Wölfin sie wieder zum Handeln an.

Nala schnappte sich ihren Rucksack, brach die Straße entlang auf und zog sich die Kapuze eng um den Kopf. Das Auto war nicht so wichtig wie ihr Entkommen. Sie schnupperte, während sie mit schnellen Schritten marschierte und zu entscheiden versuchte, welchen Weg sie einschlagen sollte und wie. Wenn sie sich in Wolfsgestalt verwandelte, könnte sie sich rascher über die Felder und durch den Wald bewegen, wohin ihr die Vampire wahrscheinlich nicht folgen würden. Andererseits wäre sie dadurch leichter aufzuspüren, weil ihr Geruch intensiver wurde, wenn sie die Gestalt der Wölfin annahm.

Mit einem Blick über die Schulter fragte sie sich, wie gut der Geruchssinn eines Vampirs eigentlich war. Jedenfalls schien Hlavek überzeugt davon zu sein, sie orten zu können, so viel stand fest.

Nalas Stiefel knirschten über den frischen Schnee. Bei jedem eiligen Atemzug kräuselte sich ein Wölkchen aus ihrem Mund.

Der Schnee ist unser Verbündeter, sagte ihre Wölfin, als sie weiter die Straße entlangeilte.

Vampire hassten Schnee. Bestimmt würden sie sich einen Unterschlupf suchen und warten, bis sich der bevorstehende Sturm gelegt hätte, bevor sie die Verfolgung aufnehmen würden, oder?

Nala begann gerade, an diese vage Hoffnung zu glauben, als sie von hinten ein tiefes, gleichmäßiges Brummen vernahm. Sie wirbelte herum und sah, wie der schwarze SUV neben sie brauste und anhielt. Das Blut gefror ihr in den Adern, als die Türen aufschwangen und vier große Vampire ausstiegen.

„Nala", sagte der Größte. Hlavek auf der Fahrerseite. „Wie dumm von dir, zu fliehen."

„Hlavek", schoss sie zurück, ohne nachzudenken. „Wie arrogant von dir, mich zu verfolgen. Genießt du den Schnee?"

Die eine Hälfte ihrer selbst war in Panik, die andere Hälfte rotierte auf Hochtouren. Sie war die Tochter eines mächtigen Alphas und würde sich nicht einschüchtern lassen. Nicht mal von vier Vampiren, die es auf ihr Blut abgesehen hatten.

Die vier glichen beinah Kopien voneinander – groß, dünn, blass. Alle trugen von Kopf bis Fuß Schwarz – schwarze Hemden, schwarze Jacken, schwarze Krawatten. Als wollten sie damit der Finsternis und dem Tod huldigen. Sogar ihre zurückgegelten Haare waren schwarz – ein tiefes, glänzendes Schwarz, das im rasch schwindenden Licht schimmerte.

Hlavek trat einen Schritt vor. Die anderen folgten seinem Beispiel.

„Das ist eine erhebliche Unannehmlichkeit", klagte er und verzog das Gesicht zu einer Grimasse, als er sich Schnee vom Ärmel wischte. „Aber in gewisser Weise hast du mir einen Gefallen damit getan, dass du mich so weit weg hierhergeführt hast."

Nala wich zurück, bereit, ihren Rucksack fallen zu lassen, sich umzuziehen und auf vier Beinen um ihr Leben zu rennen.

„So weit weg hierher", wiederholte er. Die Worte klangen wie ein Fluch, trotzdem verzogen sich seine Lippen zu einem Lächeln. „Weit, weit weg von Boston und diesem blöden Waffenstillstand."

Nala fluchte. Hier draußen könnte Hlavek sie töten, ohne fürchten zu müssen, damit gegen den Waffenstillstand zu verstoßen. Hier draußen konnte er tun, was immer er wollte. Zum Beispiel, ihr das Blut bis zum letzten Tropfen aussaugen.

Sein Blick wanderte an ihrem Körper auf und ab. Wie zur Betonung leckte er sich dabei über die Lippen. *Bis zum letzten Tropfen.*

„Oh, keine Sorge." Er schwenkte abwiegelnd eine Hand. „Alle Ladys empfinden große Freude an meinen Berührungen."

Von seinem schiefen Lächeln wurde Nala übel. Wie viele Opfer hatte er sich schon geholt? Waren sie bereitwillig mit ihm gegangen? Hatten sie gewusst, dass sie sterben würden?

Er gab einen tadelnden Laut von sich, als hätte er ihre Gedanken gelesen. „Natürlich wissen sie es nicht. Sie geben sich bereitwillig hin, wie du es auch tun solltest." Blutige Erinnerungen leuchteten in seinen Augen auf, und er leckte sich erneut über die Lippen. „Selbstverständlich wird ihnen irgendwann klar, dass sie sterben werden. Das ist der beste Teil. Zu beobachten, wie die glasige Lust aus ihren Augen entweicht und von Angst ersetzt wird. Angst vor meiner Macht." Er straffte die Schultern und strich sich das schwarze Haar zurück. „Und dann sterben sie."

Nala schauderte, weil sie sich alles nur zu gut vorstellen konnte. Den verzweifelten Kampf darum, sich zu befreien. Die kalte, gleitende Berührung von Fängen auf der Haut am Hals. Die einsetzende Panik, den heißen Schwall von Blut. Den Drang zu schreien. Nur würde sich kein Ton einstellen. Nur der Tod. Dunkelheit und Tod.

Nala wich einen weiteren Schritt zurück und hatte Mühe, der schwarzen Magie in dieser hypnotisierenden Stimme zu widerstehen.

„Meine Macht." Lächelnd nickte er, als hätte Nala gerade zugestimmt, still und leise zu sterben. „Alle werden meine Macht fürchten. Und wenn dein Blut meine Fähigkeiten zusätzlich verstärkt... Stell es dir nur vor."

In seinen Augen tänzelten zig skrupellose, grausige Pläne, und Nala schüttelte den Kopf.

Verschwinde. Verschwinde!

Aber ihre Füße schienen am Boden festgefroren zu sein und ihre Stimme gelähmt.

Hlavek trat weiter vor und streckte ihr die Hand entgegen, als wollte er sie zum Tanz auffordern. Nala ereilte eine grässliche Vision davon, wie er sie zu seinem Auto führte – und schlimmer noch, wie sie bereitwillig mitging. Sie sah sich wie betäubt auf dem Rücksitz, bis die Vampire sie irgendwo in ein Hotel brachten, ihr die Kleider vom Leib rissen und sie einer nach dem anderen vergewaltigten. Ein grauenvoller Ausblick auf eine so nahe Zukunft, dass Nala sie fühlen konnte. Sie konnte spüren, wie Hlavek ihre Haut streichelte und sie dafür lobte, wie kooperativ sie gewesen war. Sie konnte sehen, wie seine Fänge ausfuhren, und sie konnte seinen heißen Atem am Hals fühlen, als er sich vorbeugte. Und bei der Vorstellung, wie ihre Haut aufbrechen würde, wenn sich alle vier Vampire gleichzeitig an ihr labten, zuckte sie unwillkürlich zusammen. Sie würde jeden aus ihrem Körper gesaugten Liter Blut spüren, während sie die Vampire dabei ekstatisch stöhnen hören würde.

„Ja", flüsterte Hlavek, als liefe vor seinem geistigen Auge dasselbe ab. „Ja. So soll es sein."

Die vier Männer verteilten sich, rückten näher und wirkten dabei restlos von sich überzeugt. Und warum auch nicht? Nala stand wie erstarrt da. Gebannt von den Augen eines Vampirs, den bestialischer Hunger und Gier erfüllten. Sie konnte den Blick nicht abwenden.

Mein, verkündeten Hlaveks Augen. *Du gehörst mir.*

Lauf! brüllte Nalas innere Wölfin.

Mein.

Der Schnee knirschte leise unter seinen Füßen, als er sich näherte. *Knirsch. Knirsch. Kni...*

Mitten im Schritt hielt Hlavek inne. Der Rest der Vampire auch. Gleich darauf schüttelte Nala den Bann ab, stolperte rückwärts und fragte sich, warum die Männer ihr nicht folgten. Und warum sie alle nach oben schauten.

Sie bewegte sich einen weiteren Schritt zurück und wappnete sich dafür, herumzuwirbeln und zu fliehen, doch kaum hatte sie es getan, prallte sie gegen eine massive Wand aus... aus...

Mit gegen den Schnee zusammengekniffenen Augen schaute sie auf und fragte sich, warum sich die Wand, gegen die sie gelaufen war, so warm anfühlte. So tröstlich. So... pelzig?

Ein tiefes Knurren vibrierte durch die Luft. Man hörte es genauso sehr, wie man es fühlte. So ähnlich, wie einem der wummernde Bass einer Stereoanlage in die Knochen fahren konnte.

Hände stützten sie – riesige, ofenhandschuhgroße Pranken, bedeckt von dichtem, graubraunem Fell.

„Was zum...", murmelte einer der Vampire. Wieder knirschte der Schnee – diesmal unter den zurückweichenden Füßen der Blutsauger.

Blinzelnd konzentrierte sich Nala auf die Gesichtszüge hinter dem wirbelnden Schnee. Was nicht einfach war, weil die Kreatur vor ihr förmlich mit dem Schnee verschmolz. Als sie das Gesicht endlich deutlich zu sehen bekam, schnappte sie nach Luft.

„Harrison?"

Jede andere Person hätte beim Anblick des hochaufragenden Hünen vielleicht *Chewbacca*, *Bigfoot* oder *Yeti* gemurmelt. Aber für Nala verkörperte er weder einen Riesen noch eine Bestie. Sondern einen Freund.

„Harrison", flüsterte sie. War er es wirklich?

Er hatte noch dasselbe weiche Fell, in das sie immer so gern die Finger gegraben hatte. Dieselben ruhigen, sanften Lippen. Und er strahlte dieselbe beruhigende Präsenz aus wie früher, wenn sie sich den Abenteuern ihres Bruders mit seinem besten Freund angeschlossen hatte. Aber seine Schultern – oha. Waren sie schon immer so breit gewesen? Und erst seine Brust – wow. Sie erinnerte sich an einen zwar genauso großen, aber deutlich dünneren Jungen als den Muskelberg, der nun vor ihr stand.

Nala schaute in Augen, die finster auf die Vampire herabstarrten, und sie entdeckte darin dasselbe grenzenlose Blau, das sie schon immer geliebt hatte. Ein Blau, das sanfter wurde und funkelte, als er kurz Blickkontakt mit ihr herstellte, dann wieder kalt, hart und kompromisslos wie der Ausdruck in den Augen eines Soldaten, als er erneut die Vampire ansah.

Derselbe alte Harrison, zugleich jedoch völlig verändert.

Er bleckte die Zähne und knurrte lauter, während er Nala an seine Seite führte. Schließlich schob er sie so hinter sich, dass die Vampire sie nicht mehr sehen konnten, und seine Stimme ertönte in ihrem Kopf. Wie der Rest von ihm klang sie tiefer, dunkler und ernster als in ihrer Erinnerung von früher.

Lauf, Nala. Lauf. Bring dich in Sicherheit.

Blinzelnd starrte sie auf das verfilzte Fell vor ihr. Er wollte, dass sie weglief?

Los! Ich halte sie hier auf.

Nala zauderte. Harrison zurücklassen? Niemals.

„Ohne dich gehe ich nirgendwohin", sagte sie mit solcher Inbrunst, dass sie sich damit selbst überraschte. Obwohl sie Harrison seit Jahren nicht mehr gesehen hatte, rauschte durch ihre Adern der innige Drang, an seiner Seite zu bleiben.

Du musst aber gehen! beharrte er, während er die Vampire laut anknurrte. Das Geräusch wurde tiefer, bedrohlicher.

Hlavek nickte seinen Freunden zu und legte den Kopf schief. Offenbar verständigten sich die Vampire ähnlich untereinander. Die Frage war: Würden sie sich neu formieren oder um ihr Leben rennen? Jeder wusste, dass Bigfoots zu den gefährlichsten Gestaltwandlern überhaupt gehörten. Sie galten als die größten und stärksten, auch wenn verdammt viel nötig war, um die scheuen, zurückhaltenden Kreaturen zu verärgern. Und Harrison war immer entsetzlich schüchtern und zurückhaltend gewesen – außer bei Nala und ihrem Bruder. Wie alle Bigfoots war er früh von seiner Mutter verlassen worden, und Nalas Rudel war zu einem zweiten Zuhause für den einsamen Gestaltwandler geworden – einem der wenigen, die es von seiner Art noch gab.

Aber verdammt, im Augenblick konnte sie in Harrison keine Spur von *Schüchternheit* oder *Zurückhaltung* entdecken. Nur den Teil mit *groß* und *stark*. Fast zweieinhalb Meter Muskelmasse, die vor Wut bebten – bedrohlich wie ein halbes Dutzend tollwütiger Wolfsgestaltwandler zusammen. Wo hatte er all die Jahre gesteckt? Welche Unbill hatte er ertragen?

Ihr stockte der Atem. Moment mal. Harrison war ihretwegen so aufgebracht. Ihretwegen.

Sie starrte ihn an und schluckte. Der Gefährte ihrer Schwester verfiel in dieselbe kaum unterdrückte Raserei, wenn er auch nur die geringste Bedrohung für die Frau wahrnahm, die er liebte. Tatsächlich war das der Auslöser dafür gewesen, dass Harrison überhaupt erst Massachusetts verlassen hatte. Der Bigfoot wollte Nalas Nichte und Neffen nur einen kleinen Streich spielen – Kindern, mit denen er schon etliche Male herumgealbert hatte. Aber er hatte nicht damit gerechnet, dass Lana oder Tyler Hawthorne dabei sein würden. Und Tyler hatte noch nie zuvor einen Bigfoot gesehen – er hatte Harrisons Absichten falsch interpretiert und hätte ihm beinah die Kehle herausgerissen. An dem Tag hatte Tyler für immer seinen Ruf beim Rudel der Berkshires zementiert, für Harrison jedoch war es eine Demütigung gewesen. Harrison, der es nicht böse gemeint hatte. Harrison, der im Herzen immer ein Kind gewesen war.

Harrison, der seither sehr erwachsen geworden war.

Nalas Herz zog sich sehnsüchtig zusammen. Ja, er war sehr erwachsen geworden – aber um welchen Preis?

„Ich verlasse dich nicht." Sie fuhr mit den Fingern durch sein dichtes Fell.

In menschlicher Gestalt war Harrison ein schlaksiger 2,10 Meter großer Mann, den die meisten Leute für einen Basketballprofi halten würden. In Bigfoot-Gestalt – die er nun angenommen hatte – wies er am gesamten Körper dichtes Fell auf, genau wie ihre Wölfin. Nur besaß er längere und lockigere Behaarung als sie. Und sie fühlte sich seidig an, obwohl sie so drahtig aussah.

Nala zog an einer Handvoll davon. „Ich verlasse dich nicht."

Die sind gefährlich. Wieder dröhnte seine Stimme durch ihren Geist. Anspannung schwang darin mit – und aus gutem Grund. Harrison mochte riesig sein, doch Vampire waren bekannt für ihre Schnelligkeit, Wendigkeit und ihre scharfen, mit

Gift versetzten Fingernägel. Und vier Vampire… Vier Vampire könnten es sogar mit Harrison aufnehmen.

Der böige Wind wehte dichtes Schneegestöber zwischen ihre Pattstellung hindurch. Die finster dreinschauenden Blutsauger fröstelten.

Zögere es hinaus, riet Nalas innere Wölfin. *Lass sie in der Kälte leiden. Lass sie warten.*

Nala spähte zu dem Vampir rechts von Hlavek. Er rieb sich bibbernd die Arme, wodurch er deutlich weniger bedrohlich wirkte. Ein anderer Vampir verlagerte das Gewicht von einem Fuß auf den anderen, und Nala erblickte Halbschuhe aus Leder. Sie selbst trug warme Winterstiefel und einen Anorak. Diese Vampire nicht. Sie mussten am Erfrieren sein.

Wie der gottverdammte Napoleon beim Einmarsch in Russland. Lass die Kälte das Kämpfen für uns übernehmen, schlug ihre Wölfin vor.

Das klang zwar nicht nach einem besonders verwegenen, aber durchaus sinnvollen Plan. Nala musste die Vampire nicht besiegen. Sie musste ihnen nur entkommen – und auch Harrison von ihnen wegbringen. Auf keinen Fall durfte sie zulassen, dass er für sie ihr Leben ließ!

Harrison wollte vortreten, aber sie zog fester an ihm. *Wir können einen Kampf vermeiden, wenn wir ihn hinauszögern.*

Wer sagt denn, dass ich einen Kampf vermeiden will? Knurrend ballte er die Klauen zu Fäusten.

Harrison, hör mir zu. Wir müssen weg.

Was, wenn sie später wieder Jagd auf dich machen? Harrison schüttelte den Kopf. Ist besser, sie gleich zu erledigen.

Der Gedanke nagte an Nala. Hlavek hatte tatsächlich die unheimliche Fähigkeit bewiesen, sie überall aufzuspüren. Vielleicht sollte sie wirklich kämpfen und es hinter sich bringen.

Auf keinen Fall. Sie könnten gewinnen, kam scharf von ihrer Wölfin. *In dem Fall würden sie Harrison umbringen und uns zu einem schrecklichen Tod verschleppen. Sehen wir zu, dass wir nach Hause kommen. Dann können wir das Rudel gegen diese Mistkerle kämpfen lassen.*

„Harrison", flehte sie und zog ihn zurück.

Ein weiterer heftiger Windstoß brachte die Bäume am Straßenrand zum Ächzen und Knarren.

„Schnappt sie euch", befahl Hlavek seinen Männern, aber sie rührten sich nicht.

Nala wich noch einen Schritt zurück, und diesmal bewegte sich Harrison mit ihr.

„Idioten. Wir können sie uns jetzt sofort greifen", zischte Hlavek. „Wir können sie aussaugen."

Die Vampire bibberten und schlotterten. Ihren Gesichtern nach zu urteilen, verständigten sie sich wieder gedanklich mit ihrem Boss.

Hlavek schaute finster drein.

„Komm schon, Harrison", flüsterte Nala, während sie in Richtung des Walds schlurfte. *Da drin sind wir sicher. Wir können uns verstecken.*

Ich will mich aber nicht verstecken, brummte er.

Und wenn das keinen Beweis dafür lieferte, dass er in den letzten Jahren brutale Erfahrungen durchgemacht hatte, dann wusste Nala nicht, was sonst. Bigfoots gierten sonst nie nach einem Kampf. Normalerweise blieben sie für sich und gingen Ärger aus dem Weg. Man musste einen Bigfoot schon mit dem Rücken an die Wand drängen, um ihn zum Kämpfen zu bringen. Oder man bedrohte seine Gefährtin.

Wow. Gefährtin? Nala starrte Harrison an und fragte sich, ob es wahr sein könnte. Allein, dass sie ihn in ihren Gedanken hören konnte, sollte ein Hinweis sein.

Dann schüttelte sie den Kopf über die eigene Dummheit. Harrison half ihr wahrscheinlich nur aus Loyalität zu ihrer Familie. Und die Gedanken des anderen konnten sie deshalb hören, weil sie zusammen aufgewachsen waren, richtig? Sie verkörperte lediglich die vernachlässigbare kleine Schwester, mehr nicht.

Dennoch bewahrte sich ein kleiner Teil ihres Herzens die Hoffnung.

Lass uns verschwinden. Sofort!

Diesmal formulierte sie es als Befehl und rannte los in den Wald. Ihr Herz hämmerte wild in der Brust, genauso sehr vor der Angst, die Vampire könnten ihr folgen, wie vor der, Harrison könnte es nicht tun. Aber Gott sei Dank knirschten seine Schritte unmittelbar hinter ihr, und gleich darauf tauchte sein schier unmöglich großer Körper neben ihrem auf. Mühelos lief er mit den langen, federnden Schritten eines Bigfoots neben ihr einher.

Nala rannte verzweifelt tiefer in den Wald, um zu entkommen.

„Du kannst weglaufen, aber du kannst dich nicht verstecken", rief Hlavek. Nala hörte die Frustration und den Zorn, die unterschwellig in seiner Stimme mitschwangen. Durch den Schneesturm konnte sie ihn kaum noch sehen, aber seine Stimme folgte ihr durch den Wald. „Ich finde dich, Wölfin. Ich werde mir holen, was mir gehört."

Vielleicht hätten die Worte sie zum Schaudern gebracht, hätte Harrison nicht ihre Hand gedrückt. Die Geste barg in sich beinah dieselben Worte, die Hlavek gerufen hatte, allerdings mit einer völlig anderen Bedeutung. Sie vermittelten Nala ein tröstliches Gefühl, nicht den Eindruck, gejagt zu werden.

Ich werde dich beschützen, schien er damit zu sagen. *Ich werde beschützen, was zu mir gehört.*

Kapitel 3

Kaum hatte Harrison die Hand um die von Nala geschlossen, brach in ihm ein Damm, und eine Abfolge von Bildern und Erinnerungen flutete seinen Geist.

Zum Beispiel eines von Nala, wie sie ihn an einem Sommertag vor langer Zeit anlächelte. Oder von Nala, wie sie ihm ihr Lieblingsplätzchen im Wald zeigte – die Stelle oben am Gipfel, wo sie immer gern gesessen, über die Umgebung geschaut und eine Zukunft geplant hatte, die so viel strahlender sein würde als seine. Denn sie war die Tochter eines mächtigen Alphas, er ein Einzelgänger, bestimmt zu einem Leben der Wanderschaft durch die Wälder.

Nala. Sie hatte immer mit ihm gelacht statt über ihn wie so viele andere Kinder.

Er erinnerte sich noch an das allererste Weihnachten, nachdem seine Mutter ihn verlassen hatte, weil sie der Meinung war, er wäre alt genug, um auf sich allein gestellt zu sein.

Du bist vierzehn, hatte sie gesagt. *Du schaffst das schon.*

Er dachte daran zurück, wie verzweifelt einsam er gewesen war, bis Nala gekommen war, ihn mit nach Hause geschleift und darauf bestanden hatte, dass ihre Familie ihn in die Feierlichkeiten einbezog. Er erinnerte sich an all die Zeiten zurück, die er mit ihrem Bruder verbracht und gespielt und gehofft hatte, Nala würde sich ihnen anschließen. Neals kleine Schwester hatte ihn nie gestört. Im Gegenteil, sie hatte ihn von Anfang an fasziniert. Wie sie anhielt, um auf einem Stein wachsendes Moos zu betrachten. Wie sie den Flug der Vögel am Himmel beobachtete. Wie sie eine Handvoll Wasser aus dem Bach schöpfte und gegen das Licht hielt.

„Wunderschön", meinte sie dann und grinste von einem Ohr zum anderen.

„Wunderschön", hatte er damals geflüstert und sie dabei angehimmelt.

Er hatte sie über Jahre heimlich geliebt. Und er hatte ununterbrochen von ihr geträumt, während er weg gewesen war. Aber er konnte sich ja schlecht an die kleine Schwester seines besten Freunds heranmachen, bevor sie achtzehn war. Und als er endlich den Mut aufgebracht hätte, mit ihr zu reden, war es zu spät gewesen.

Nala. Harrison hatte von Anfang an gewusst, dass er sie nie so lieben könnte, wie er es wollte. Trotzdem hatte er sie geliebt.

„Warte kurz." Ihre Worte holten ihn in die Gegenwart zurück.

Er warf einen Blick zurück, um sich zu vergewissern, dass die Vampire ihnen nicht gefolgt waren. Seine scharfen Ohren schnappten die Geräusche einer gemurmelten Diskussion auf, gefolgt vom Aufheulen eines Motors. Gut. Die Vampire gaben auf.

Vorläufig jedenfalls. Er beugte die Finger und wünschte, er hätte diese Mistkerle in Stücke reißen können.

Harrison schaute zurück zu Nala und erstarrte. Sie war bereits aus den Stiefeln geschlüpft und schob gerade ihre Jeans runter.

„Ich bin schneller, wenn ich mich verwandle", erklärte sie.

Beim Anblick all der glatten, cremefarbenen Haut klappte ihm der Mund auf. Als Nächstes zog sie ihr Oberteil aus, und er schaute schnell weg, allerdings eine Sekunde zu spät.

Gott, war sie schön. Und Mann, war sie erwachsen geworden.

In den vergangenen sechs Jahren hatte er sich in langen, einsamen Nächten immer wieder vorgestellt, was aus ihr geworden sein mochte. Dass sie sich zu einer klugen, selbstbewussten Frau entwickeln würde, hatte für ihn immer festgestanden. Aber dass sie sich von einem dürren Wildfang in eine Frau mit prächtigen Kurven verwandeln würde, die ihn um den Verstand brachten...

Harrison bückte sich und hob eine Handvoll Schnee auf. Vielleicht würde ihn das abkühlen.

Bereit, murmelte sie eine Sekunde später in seinen Kopf.

Er sah ihre Wölfin an. Eine Wölfin mit demselben blondbraunen Haar, das sie in menschlicher Gestalt hatte, und mit denselben graublauen Augen. Sein Herz galoppierte die nächsten paar Schläge lang, bevor es sich wieder beruhigte.

Äh, könntest du den bitte nehmen? Sie stupste mit der Nase den Rucksack, in den sie vor der Verwandlung ihre Kleidung gestopft hatte.

Harrison nickte und hievte ihn sich zu seinem eigenen auf die Schulter. Gott, es war beeindruckend, wie gefasst sie in einem solchen Moment blieb. Die Kleidung würde sich später als praktisch erweisen.

Kleidung... Dabei musste er prompt wieder daran denken, was er gerade flüchtig gesehen hatte – und er schluckte wie so oft, bevor er von zu Hause weggegangen war.

Denk dran, dass sie nicht dir gehört, versuchte er, sich vor Augen zu halten. *Und das wird sie auch nie.*

Denn es war falsch, die kleine Schwester seines besten Freundes zu begehren. Oder? Es war falsch, dass ein Bigfoot eine Wölfin liebte, die in einer eigenen Liga spielte. Und erst recht jetzt. Sie war eine wunderschöne Frau und eine schlanke, anmutige Wölfin, er hingegen nur sein schlaksiges altes Ich.

Wohin? Sie sah sich um, während er sich bemühte, sie nicht anzustarren.

Harrison zeigte ihr die Richtung, ohne überlegen zu müssen. Man konnte einem Bigfoot die Augen verbinden und ihn fünfzig Mal im Kreis drehen, trotzdem würde er noch exakt wissen, wo sich was befand. Kein Gestaltwandler besaß einen besseren Orientierungssinn als Bigfoots, besonders im Schnee.

Aber setzte man einen Bigfoot in einer Stadt aus, wäre er auf Anhieb überfordert. Ein weiterer Grund, warum er Nala nie glücklich machen könnte. Harrison hatte ein paar Mal heimlich Verbindung mit Neal aufgenommen und so von ihrem Umzug nach Boston erfahren. Viele der Wölfe, unter denen er aufgewachsen war, verließen die Berkshires und zogen in die Stadt. Er hingegen hatte sich einfach auf den Weg nach Norden gemacht. Jeder Gestaltwandler hatte sein eigenes Gleichgewicht zwischen Mensch und Tier. Bigfoots brauchten Wälder unabhängig von der Gestalt, die ihr Körper annahm.

Vielleicht hätte sie ja nichts dagegen, in den Berkshires zu leben. Vielleicht ist sie bereit, zurück nach Hause zu kommen, versuchte es eine innere Stimme.

Harrison schüttelte den Kopf und konzentrierte sich darauf, was im Augenblick zählte – sie in Sicherheit zu bringen.

Da lang. Mit flotten, aber nicht grausam schnellen Schritten setzte er sich in Bewegung.

Er wusste, dass sich Nala jeder Herausforderung stellen würde. Aber es wäre unklug, Hals über Kopf in einen Sturm zu rennen, wenn das Territorium ihres Rudels gut hundertfünfzig Kilometer entfernt lag. Den Großteil davon würden sie zu Fuß zurücklegen und in den Wäldern und auf Feldern bleiben müssen, um dem Feind auszuweichen. Vampire waren Stadtwesen. Sie waren nicht an die Natur angepasst. Je weiter er Nala von den Straßen fernhielt, desto besser.

Du kannst weglaufen, aber du kannst dich nicht verstecken. Ich finde dich, Wölfin. Ich werde mir holen, was mir gehört.

Um ein Haar hätte er beim Widerhall der Worte des Vampirs in seinem Kopf geknurrt. Dieser arrogante Mistkerl sollte sich besser vorsehen, denn Harrison hatte bereits gelobt, ihn zu töten – selbst wenn er dafür nach Boston müsste. Er würde tun, was immer nötig war, um Nalas Sicherheit zu gewährleisten.

Seite an Seite liefen sie durch die Wälder und über die Felder. Der Wind wehte heftiger, und der Schnee türmte sich allmählich auf, doch er war für solche Bedingungen geboren. Für ihn fühlten sie sich sogar gut an.

Ich fühle mich frei, wenn ich mich bewege, hatte Nala einmal gesagt. Das hatte er nie vergessen, weil die Worte auf ihn selbst passten wie die Faust aufs Auge. Und ihrem lockeren, geschmeidigen Gang nach zu urteilen, hatte sich auch für sie nichts daran geändert. Insgeheim jauchzte sein Herz, denn Nala war immer noch Nala – dasselbe lustige, fröhliche Wesen wie schon immer.

Wenn wir ihr Rudel erreichen, können wir vielleicht... begann eine innere Stimme, die Harrison mit allen möglichen und unmöglichen Gedanken lockte.

Sofort würgte er sie ab. Er musste sich ganz darauf konzentrieren, Nala nach Hause zu bringen, wo ihre Familie sie beschützen konnte. Und dann würde er gehen müssen. Er war vor all den Jahren nicht ohne Grund aufgebrochen, und jene Wunde war noch nicht verheilt. Dieses Gefühl, ein Außenseiter zu sein, der nicht dazu passte, steckte immer noch in ihm. Gegipfelt hatte es in jenem Tag, an dem er sich zu jenem dummen Streich hinreißen ließ, zu dem ihn ein Freund angestiftet hatte. Ein schöner Freund. Dann hatte dieser riesige Wüstenwolf – der neue Gefährte von Nalas Schwester – Harrison in die Schranken gewiesen. Und er hatte es dafür verdient, dass er so naiv gewesen war.

Den Zwischenfall hatte er als Weckruf empfunden. Es war höchste Zeit gewesen, dass er damit aufhörte, sich etwas vorzumachen. Er war ein Bigfoot, dafür geboren, weit zu wandern und umherzustreifen – und allein. So war es nun mal.

So muss es nicht sein, ließ diese sture Stimme in seinem Hinterkopf nicht locker. *So muss es nicht sein.*

Damals als Kind hatte er sich gewünscht, ein Wolf zu sein wie die anderen. Aber wem wollte er etwas vormachen? Wölfe hatten vier Füße und einen Schwanz. Sie heulten den Mond an. Wölfe lebten in Rudeln. Bigfoots reisten allein, wie er es die letzten sechs Jahren lang getan hatte. Ein Einzelgänger, der gegen die Elemente und gegen Feinde kämpfen musste, von denen er vor dem Verlassen der Sicherheit der Berkshires gar nichts gewusst hatte.

Draußen in der Wildnis hatte er auf die harte Tour gelernt, skrupellose Schwindler und ruchlose Feinde von ehrlichen Gestaltwandlern zu unterscheiden, die so wie er nur überleben wollten. Er hatte gelernt, zu kämpfen. Hilfsbedürftige zu beschützen. Ständig auf der Hut zu sein.

Mit anderen Worten, er war in die Rolle hineingewachsen, für die er geboren worden war: die des Wanderers. Des Kriegers. Des Einzelgängers.

Und wenn ihm das Töten nicht im Blut lag – was sollte es? Auch die Einsamkeit lag ihm nicht im Blut, ließ sich aber nun mal nicht vermeiden. Er war ein Bigfoot, kein Wolf.

Also ja – er würde Nala zurück in die Berkshires bringen. Allerdings handelte es sich lediglich um eine Mission, um sie zu beschützen, nicht um seine Rückkehr aus dem selbst auferlegten Exil. Und sobald er sie nach Hause geschafft hätte, würde er losziehen, um diesen verfluchten Vampir zu jagen. Falls er das überlebte, würde er in den Norden und zur Lebensweise der Bigfoots zurückkehren. Es spielte keine Rolle, wie sehr sie ihm widerstrebte. Schicksal war Schicksal. Er hatte seines, Nala das ihre.

So muss es nicht sein, flüsterte eine Stimme in seinem Geist.

Er schaute zur Seite und beobachtete, wie Nala durch den Schnee rannte. Die Nase nach vorn gestreckt, der Schwanz gerade wie eine Fahne. Bei jedem anmutigen Schritt wirbelten ihre Wolfspfoten kleine Schneewölkchen auf, und ihr Atem kristallisierte in der Luft. Er prägte sich den Anblick ein, um ihn eines Tages aus dem Gedächtnis abrufen zu können. Mühelos sprang sie über einen umgestürzten Baum und wich einem Felsbrocken aus. Als sie an einem verrottenden Stamm vorbeilief, streifte ihre Schulter seinen Oberschenkel und jagte ihm einen wohligen Schauer durch die Adern. Unwillkürlich senkte er die Hand und strich mit den Fingern über das glatte Wolfsfell, als sie tänzelnd an ihm vorbeizog. Auch seine Gedanken tänzelten von dem berauschenden Gefühl, sie zu berühren.

Harrison hob das Kinn und genoss das leichte Stechen des Schnees auf seinen Wangen. Er fühlte sich lebendig, glücklich und, ja – frei. Eine Empfindung, die er tief in sich konservieren wollte, damit er nach Abschluss seiner Mission noch lange, lange davon zehren könnte.

Ein, zwei oder auch vier Stunden lang – Bigfoots besaßen kein gutes Zeitgefühl – reisten sich schnell und leise, bis das Schneegestöber in einen vollwertigen Schneesturm ausartete. Trotz des stockfinsteren Himmels marschierte Harrison weiter, bis ein Blick auf Nala ihn anhalten ließ.

Sie musste die Augen zusammenkneifen, um den Schnee nicht in sie zu bekommen, und ihre Schritte wirkten nicht mehr so federnd wie zuvor. An manchen Stellen reichte ihr die weiße Pracht fast bis zu den Hüften. Sie musste mühsam springen, statt sich mit gleichmäßigen Schritten fortzubewegen. Kurz hielt sie inne und erschauderte, dann kämpfte sie sich tapfer weiter.

Mist. Harrison war für solche Bedingungen geboren, aber selbst von einer zähen Wölfin konnte man nicht erwarten, dass sie in einem solchen Sturm vernünftig vorankam.

Da lang, übermittelte er ihr, während der Wind über sie beide hinwegheulte. Obwohl er direkt in ihrem Kopf mit ihr sprach, musste er sich anstrengen, um sich Gehör zu verschaffen. *Wir können da drüben Zuflucht suchen.*

Wo drüben? Nala klang so erschöpft, und er verfluchte sich, weil er es nicht schon früher bemerkt hatte.

In der Richtung. Mir nach. Er legte ihr eine Hand auf den Rücken, um sie zu beruhigen.

Aber die Vampire... Sie spähte zurück.

Harrison strich mit der Hand über ihr Fell. Ihm widerstrebte zutiefst, wie sie vor Kälte zitterte. *In diesen Sturm wagen sie sich auf keinen Fall. Wir sind in Sicherheit.*

Nala vertraute ihm ohne weitere Skepsis, und er stapfte vor sie, um einen Weg für sie zu ebnen.

Keine Sorge. Es geht mir gut, behauptete sie, aber er durchschaute ihr Flunkern.

Es ging ihr auf keinen Fall gut. Zum einen kämpfte sie sich bereits entschieden zu lange durch den tiefen Schnee. Zum anderen wurde sie von vier blutrünstigen Vampiren gejagt. Wie sollte es ihr da gut gehen?

Beinah hätte er gejubelt, als er eine baufällige Scheune am Waldrand entdeckte. Gespürt hatte er sie schon von Weitem, doch mittlerweile waren sie fast dort.

Gleich da drüben. Siehst du? So spornte er Nala den letzten halben Kilometer an, bis sie die Scheune endlich erreichten. Sie erwies sich als baufällig, doch das Dach war nicht eingestürzt. Für die Nacht würde es reichen.

Harrison schob das knarrende Tor auf, und Nala eilte hinein. Gleich darauf brachte der Staub drinnen sie erst zum Schniefen, dann zum Niesen.

Perfekt, befand sie eine Sekunde später, allzeit tapfer.

Kaum war Harrison eingetreten, spürte er den Unterschied. Der Wind im Gesicht und das Schneegestöber endeten wie abgeschnitten. Obwohl die Temperatur in der Scheune höchstens ein, zwei Grad höher war, fühlte es sich ohne den Wind, der einem die Körperwärme entriss, wesentlich wärmer an.

Er schaute sich in dem kleinen, beengten Raum um. Ein rostiger Traktor, der aussah, als hätte er sich seit den 1970er Jahren nicht mehr bewegt, versperrte den Zugang zu einer Reihe von Abteilen. Das mittlere davon war halb mit Heu gefüllt. Heu, das nicht ganz so alt wie der Traktor wirkte. Harrison schnupperte.

Nicht zu muffig für dich? fragte er, als Nala neben ihn trat. Ihre Wölfin zitterte an seinem Bein, und Mann, was wünschte Harrison, er könnte ihr eine gemütliche Hütte und eine Tasse heißer Schokolade bieten.

Perfekt. Sie wedelte matt mit dem Schwanz.

Der Wind wehte das Scheunentor auf und jagte einen frostigen Luftzug herein. Harrison stellte ihren Rucksack ab und eilte hin, um es wieder zu schließen. *Zieh dich an. Ich kümmere mich um das Tor.*

Aber in Wolfsgestalt ist mir wärmer, meinte sie.

Nicht warm genug. Er schüttelte den Kopf. *Ich kann dich wärmen, wenn du den Körper an meinen schmiegst.*

Kaum hatte er die Worte ausgesprochen – oder eigentlich eher gedanklich übermittelt – erstarrte er, als ihm bewusst wurde, was er gerade von sich gegeben hatte. In praktischer Hinsicht ergab es natürlich durchaus Sinn. Er konnte sie in ihrer menschlichen Gestalt besser umarmen und seine Körperwärme mit ihr teilen. Aber in jeder anderen Hinsicht...

Seine Wangen röteten sich.

Nala, die Gute, lachte nur dazu. Trotz ihrer Erschöpfung, seiner Plumpheit und der verrückten Lage, in der sie sich befanden, lachte sie und brachte seine Seele zum Jubilieren. Dann schenkte sie ihm ein verschmitztes Wolfsgrinsen, das ihn daran erinnerte, wie erwachsen sie in den letzten Jahren geworden war.

Tja, Harrison Ames. Das ist ein Angebot, das eine Frau einfach nicht ablehnen kann.

Sie benutzte dabei einen Akzent wie Scarlett O'Hara und klimperte mit den Wimpern. Damit entschärfte sie den vielleicht peinlichsten Moment seines Lebens – und verdammt, gleichzeitig erregte sie ihn damit schlagartig. Tausend unanständige Bilder rasten ihm durch den Kopf – zum Beispiel von ihr und ihm neben einem knisternden Kamin und einem Haufen abgelegter Kleidung.

Rasch wandte er sich ab, bevor sie zu viel von seiner Röte mitbekam, und er eilte zum Tor.

Harrison wuchtete es zu, schob den Sturm zurück hinaus, wo er hingehörte, bevor er das Tor mit einem Rechen stützte. Dann drehte er eine langsame Runde durch die Scheune. Viel gab es nicht zu überprüfen, und er war zuversichtlich, dass die Vampire nicht so bald auftauchen würden, aber er wollte Nala etwas Privatsphäre lassen. Da sie sich gerade anzog, fand er, dass er es wohl auch tun sollte. Also öffnete er seinen Rucksack und holte ein Flanellhemd und eine Jeans heraus. Bigfoots brauchten nicht viel, um sich warm zu halten, nicht mal in so eisigen Nächten wie dieser. Und erst recht nicht bei den heißen Bildern, die ihm immer noch durch den Kopf gingen.

Harrison schloss die Augen und dachte an eine Blockhütte in einer Winterlandschaft. Er stellte sie sich von innen vor, um seine menschliche Seite hervorzurufen. Die Verwandlung war ein bewusster Vorgang, und es dauerte immer eine Minute, bis es ihm gelang, seine animalische Seite dazu zu überreden. Langsam gleitend und leicht kitzelnd zog sich sein Fell unter die Haut zurück. Seine Füße wurden schmäler, seine Schultern gerader. Sein Rücken knackte, und zack – er war wieder ein Mensch. Während er in seine Kleidung schlüpfte, beugte er die steifen Finger – puh, es war doch kälter, als er gedacht hatte. Anschließend schnürte er seine Stiefel zu.

„Jetzt komm schon her!", rief Nala.

Er atmete tief durch. Ihre Stimme klang verlockend wie die einer Sirene. Plötzlich erschien ihm die simple Handlung, sich an jemanden zu kuscheln, gefährlicher als der Kampf gegen eine Horde Vampire. Denn in dem Fall ging es nicht um irgendjemanden und um mehr als Körperwärme. Es ging um Nala. Und verdammt: Das Herz sprang ihm bereits halb aus der Brust.

Er ließ sich Zeit und fingerte an einer Öllampe, die beim zweiten Versuch aufleuchtete. Sie verteilte einen goldenen Schein in der Scheune und warf lange Schatten in alle Richtungen. Als er endlich den Mumm aufbrachte, zum Abteil hinüberzugehen und hineinzuschauen, hob Nala die Decke an, die sie wie ein Zelt über ihre Schultern ausgebreitet hatte.

„Komm rein." Ihr Blick wanderte an seinem Körper – seinem menschlichen Körper – auf und ab. Hie und da hielt sie bei der Betrachtung inne und schien sagen zu wollen: *Harrison Ames, es ist wirklich sehr lange her.*

Gefiel ihr, was sie sah? Empfand sie dasselbe wie er – dass sie denselben alten Freund vor sich hatte und doch jemand anders? Jemanden, der älter war. Weiser. Und müder – das schimmerte vermutlich durch. Harrison war lange durch die Wildnis gewandert, obwohl er es bisher nicht wirklich gespürt hatte.

„Komm schon her." Sie winkte ihn zu sich.

Er schluckte und ließ sich behutsam hinter ihr nieder.

„So ist es wärmer", murmelte er und freute sich darüber, dass er seine sanftere, deutlich menschlichere Stimme zurückhatte. Was sich merkwürdig anfühlte. Normalerweise empfand er es als Erleichterung, sich in die tröstliche Vertrautheit seiner pelzigen Gestalt zu verwandeln. Aber mit Nala...

Er verdrängte seine schmutzigen Gedanken und schlang die Arme um sie. „Ist das in Ordnung für dich?"

„Mehr als in Ordnung." Seufzend lehnte sie sich an seine Brust zurück.

Ein Teil von ihm wollte die Hände sehnsüchtig nach oben wandern lassen. Ein anderer hingegen war rundum zufrieden damit, sie einfach um die Taille festzuhalten. Eine schöne, absichtslose Umarmung, um sie zu wärmen. Angenehmerweise wärmte sie auch ihn. Bis tief in seine Seele zu dem Tresor, in dem er die Erinnerungen an glückliche, unschuldige Zeiten aufbewahrte. Längst vergangene Zeiten. Hatte er zumindest vermutet. Aber vielleicht doch nicht.

Als Nala die Arme auf seine legte, seufzte er beinah vor Vergnügen.

„Wow, Harrison. Es ist so lange her."

Zu lange, hätte er antworten können. Tat er aber nicht, weil er fürchtete, seine Stimme könnte wieder so brüchig klingen wie damals als Teenager. Stattdessen ergriff er ihre Hände und rieb sie, um auch sie zu wärmen.

Du bist kein Teenager mehr, flüsterte eine leise Stimme in seinem Hinterkopf. *Und sie auch nicht.*

„Wo bist du gewesen, Harrison?"

Er überlegte, wie viel er von der langen, ziellosen Wanderung durch Nordamerika preisgeben wollte. Schließlich entschied er, eine Episode aus einer langweiligen Sammlung herauszupicken und ihr davon zu erzählen. Nicht, um ihr die Wahrheit vorzuenthalten, sondern, um sie nicht zu langweilen.

„Oben in Kanada. Dort habe ich auf dem Bau gearbeitet, war Eisfischen, alles Mögliche." *Habe andere Leute gemieden,* entschied er, nichts hinzuzufügen.

„Wow. Eisfischen? Cool."

Harrison hatte sich dafür gewappnet, dass sie sich über ihn lustig machen würde. Stattdessen klang sie aufrichtig interessiert. Sogar beeindruckt. Aber so war Nala nun mal – sie sah immer an allem das Positive. Sogar an ihm.

„Was hat dich dazu gebracht, nach New England zurückzukommen?"

Du, wäre ihm um ein Haar herausgerutscht. *Du.*

Er hatte während der gesamten Zeit seiner Abwesenheit von ihr geträumt, doch im letzten Jahr hatte sich das wehmütige Gefühl zu einer schmerzlichen Sehnsucht gesteigert. Zum Verlangen nach der Frau, die er schon so lange heimlich liebte. Aber den endgültigen Anstoß für die hastige Rückkehr nach New England hatte ihm das eindringliche Gefühl gegeben, dass etwas Schreckliches passieren würde. Etwas, das er unbedingt verhindern musste.

Zum Beispiel, dass sich eine Horde Vampire auf Nala stürzte.

Harrison kratzte sich am Kinn, um sich wieder daran zu gewöhnen, Stoppeln statt dichter Bigfoot-Behaarung im Gesicht zu fühlen. Oh Mann. Vielleicht war er zu lange in seiner animalischen Gestalt geblieben.

„Harrison?", flüsterte sie.

Ja, er spielte auf Zeit, und er wusste es. Was sollte er sagen? Wie sollte er antworten? Er durfte sie nicht mit der Wahrheit beunruhigen. *Ich hatte Angst, dass dir etwas zustoßen könnte.*

„Ich denke, es war einfach an der Zeit", meinte er.

Sie nickte und kuschelte sich enger an ihn, während er über die eigenen Worte grübelte. Es war wirklich an der Zeit, dass er mit dem Herumwandern aufhörte und nach Hause zurückkehrte.

Es wird auch Zeit, dass du mit ihr redest, meldete sich jene leise Stimme zu Wort.

Die Harrison sofort zum Verstummen brachte. Für den Teil war er nicht bereit. Noch nicht.

„Du hast uns gefehlt", flüsterte Nala.

Harrison neigte den Kopf, beugte sich näher zu ihr. Er hatte jemandem gefehlt?

„Du hast mir gefehlt", fügte sie hinzu. Und wie ihre Finger verspielt über seine Arme wanderten, brachte ihn ins Grübeln. Vielleicht war er doch nicht der Einzige mit heißen Träumen und Sehnsucht im Herzen. Vielleicht stellte er nicht als Einziger in Frage, was man ihm in jungen Jahren eingebläut hatte. Zum Beispiel, dass sich ihre und seine Art nicht vermischen sollten.

Er beugte ihr den Kopf zu. „Du hast mir auch gefehlt."

Mehr, als du ahnst, fügte er ihn Gedanken für sich selbst hinzu.

Draußen tobte unvermindert der Sturm, aber Harrison verspürte nur eine wohlige, friedliche Wärme. Bevor er den Moment ruinieren konnte, indem er etwas Dummes von sich gab, küsste er sie auf den Kopf, drückte sie einmal kurz und ließ ihr dann wieder etwas Freiraum.

„Versuch, ein bisschen zu schlafen. Ich halte Wache."

Nala drehte sich in seinen Armen herum und schaute zu ihm auf. Ihre Wangen schimmerten im sanften Schein der Lampe, ihre Augen wirkten feucht.

„Danke, Harrison. Du hast mir das Leben gerettet. Vielen Dank."

Sie griff nach seinem Arm und rieb die Wange daran, bevor sie seufzend die Augen schloss.

Er verharrte regungslos und genoss einen inneren Frieden, den er seit Jahren nicht mehr gespürt hatte.

35

Kapitel 4

Nala dachte, sie würde nie einschlafen können. Durch ihren Kopf schwirrten zu viele Albträume und Ängste. Aber kaum hatte Harrison die Arme um sie gelegt – seine menschlichen Arme, glatt und muskulös –, schwirrten ihre Sorgen davon, und Frieden senkte sich über sie.

Mmm, brummte ihre Wölfin. *Schön. Ruhe. Geborgenheit.*

Was verrückt klang, immerhin saß sie auf einer Unterlage aus kratzigem Heu. Draußen heulte ein Schneesturm. Sie hatte eigentlich keinen Grund, sich geborgen zu fühlen – zumal eine Bande von Vampiren nach ihrem Blut lechzte.

Und doch döste sie friedlich ein. Es wurde ein tiefer, erholsamer Schlaf, erfüllt von angenehmen Träumen. Die Bilder darin sprangen in Zeit und Raum wild hin und her. Erinnerungen aus dem wahren Leben vermischten sich mit wehmütigen Hoffnungen. Zum Beispiel damals, als sie als Kind mit Harrison in einem Bach gewatet war. Oder wie sie ein Baumhaus gebaut hatten. Manche Traumsequenzen spielten in Boston. Harrison tauchte darin auf, begleitete sie zum Unterricht und wartete anschließend auf sie vor der Universität. Andere Szenen trugen sich in der Scheune zu, in der sie Zuflucht gesucht hatten und in der sie sich enger und enger an ihn schmiegte.

Je länger sie träumte, desto sinnlicher wurden die Bilder, bis Harrison sie nicht nur umarmte, sondern berührte und küsste. Sie drehte sich in seinen Armen um und erwiderte seine Küsse. Dann wurde es noch heißer, als seine Hände sämtliche verborgenen Winkel ihres Körpers besuchten, die um seine Aufmerksamkeit bettelten. Sie träumte davon, wie Harrison ihre Brüste liebkoste. Wie er ihre Nippel umkreiste. Harrison lächelte zufrieden, als sie stöhnte und mehr verlangte. Sie träumte davon, wie er ihre intimsten Stellen küsste, daran leckte und ihre Nippel dazu brachte, sich aufzurichten. Und als er zu ihr aufschaute, loderte in seinen Augen ein Hunger, den nur sie stillen konnte.

Sie träumte davon, sich nackt für seine Berührungen zu öffnen. Davon, wie seine Hände erst außen über ihre Schenkel strichen, dann innen und schließlich zu ihren unteren Lippen. Davon, wie sich seine Finger tief in ihr vergruben und sie dazu brachten, sich zu winden und wieder und wieder aufzuschreien. Und dann träumte sie davon, wie er die Decke auf dem Heu ausbreitete, Nala darauf hinlegte und sie eine Weile einfach nur bewunderte. Schließlich ging der Traum dazu über, dass er sich über ihr in Position brachte und ihre Beine zart mit den Knien spreizte.

Das Geschehen fühlte sich zunehmend wirklicher an, bis Nala dachte, es liefe in Echtzeit ab, nicht nur geträumt, sondern wahrhaftig erlebt. Zum Beispiel der Ausdruck in seinen Augen, die vor eigenem Verlangen loderten. Oder die sengende Hitze bei jedem seiner Stöße. Er tauchte in sie, hielt inne, zog sich zurück und stieß erneut tief zu, erreichte dabei Stellen, die noch kein Mann vor ihm gefunden hatte. Mit gleichmäßigen Hüftbewegungen glitt er wieder und wieder vor und zurück, bis...

„Alles gut?", murmelte er.

Nala blinzelte und stellte fest, dass sie sich in derselben Löffelstellung wie zuvor befand. Vollständig angezogen. Und diesmal empfand sie als Problem nicht die Kälte draußen, sondern das in ihr tobende Feuer.

Sie öffnete die Augen weiter. Verdammt. Sie hatte doch nur geträumt.

Ihre Wölfin heulte kläglich.

Sie wagte nicht, Harrison anzusehen, aber auch er wirkte wie erstarrt, und sie fragte sich, ob sie im Schlaf seinen Namen gerufen hatte.

„Tut mir leid", murmelte sie und schloss die Augen wieder.

Sekunden später befand sie sich in einem weiteren lustvollen Traum, diesmal mit ihr oben, während Harrison zu ihr aufschaute, als wäre sie eine Göttin oder die Liebe seines Lebens.

Gefährte, jaulte ihre Wölfin, als sie sich in der Ekstase auflöste, mit der er sie erfüllte. *Mein Gefährte.*

Als sie abermals aufwachte, tobte der Sturm draußen nicht mehr so laut. Harrison saß noch an derselben Stelle wie zuvor – hinter ihr, von wo er das Tor nicht aus den Augen ließ. Nala atmete mehrmals tief durch und bemühte sich, gefasst zu bleiben. Als sie einen verstohlenen Blick auf sein Gesicht warf, fragte sie sich unwillkürlich, woher die kleine Narbe an seinem Kinn stammte. Und welches Wetter oder welche Emotionen diese Linien in sein Gesicht gegraben und den Mann in dem Jungen von früher zum Vorschein gebracht hatten.

Aus irgendeinem Grund schweiften ihre Gedanken flüchtig zu den Männern ab, mit denen sie sich in den letzten Jahren eingelassen hatte. Darunter hatten sich ein paar Wolfsgestaltwandler und einige zutiefst enttäuschende Menschen befunden. Keiner von ihnen hatte je tiefere Gefühle in ihr geweckt. Sie alle hatten ihr vorübergehende Befriedigung der Gelüste verschafft, die durch die Adern jeder heißblütigen Wölfin strömten, aber keiner hatte in ihr je ein so verzweifeltes, hungriges Verlangen ausgelöst wie Harrison mit seiner lockeren, achtsamen Umarmung.

Gefährte, brummte ihre innere Wölfin.

Sein Atem zerzauste ihr das Haar, und sie sehnte sich danach, ihn zu küssen. Ihre Träume zu verwirklichen. Aber was, wenn er kein Interesse daran hatte? Was, wenn er in ihr nur die kleine Schwester seines Freunds sah? Was, wenn sein einziges Interesse der Rettung einer holden Maid in Not galt, bevor er wieder in der Wildnis verschwinden würde?

„Ruh dich noch ein bisschen aus", murmelte er, und sie fragte sich, ob er ihre Gedanken gelesen hatte.

Während er schweigend ihren Arm streichelte, schlief sie tatsächlich wieder ein. Als sie das nächste Mal die Augen öffnete, erhellte das rosa Licht der Morgendämmerung die Scheune, und draußen herrschte Stille.

„Morgen", flüsterte er über ihre Schulter.

Nala drehte sich um, und verdammt, sah er mitgenommen aus. Zugleich jedoch fantastisch. Sie war so sehr an die jüngere Version von Harrison gewöhnt, dass ihr vom Anblick des kantigen Kriegers vor ihr prompt wieder schwindlig wurde. Von der harten Kieferpartie eines Soldaten mit dem Herz am rechten Fleck. Von den tiefgründigen, intensiven Augen. Vom Schatten der Bartstoppeln auf dem Kinn.

Vom zum Küssen einladenden Kinn, an das sie sich in dem Moment nur zu gern geschmiegt hätte.

Harrison Ames, hätte sie beinah geflüstert. *Wo hast du dich all die Jahre versteckt?*

„Bist du die ganze Nacht wach gewesen?", brachte sie schließlich heraus.

Er zuckte mit den Schultern. „Größtenteils." Seine blauen Augen schwenkten zum Fenster auf der anderen Seite der Scheune. „Der Sturm ist vorbei."

Nala wünschte, er würde noch toben. Dann hätte sie eine Ausrede, um sich noch länger an Harrison zu kuscheln. Aber ein neuer Tag brach an, und wenn Sonnenschein statt eines Schneesturms herrschte, konnten die Vampire bereits wieder unterwegs sein.

Langsam, widerwillig stand sie auf und streckte sich. Harrison blieb noch kurz sitzen und betrachtete sie – er sah sie an, als wäre sie der Star einer unheimlich interessanten Fernsehsendung, nicht bloß Nala, der jüngste Spross des Clans der Dixons. Dann hielt sie ihm die Hand entgegen, und er grinste, als wäre es das Lustigste auf der Welt, dass eine Wölfin einem riesigen Bigfoot auf die Beine helfen wollte.

Zeig es ihm. Ihre Wölfin grinste. *Zeig ihm, welche Kraft in uns steckt.*

Nala zog in dem Moment an seiner Hand, als er aufstand. Dadurch entstand mehr Schwung als erwartet, und ihre Körper stießen beinah zusammen. Von Angesicht zu Angesicht. Brust an Brust. Beide standen sie mit großen Augen da, auf einen Schlag hellwach.

Harrison packte sie an den Armen, um sie nicht umzuwerfen, und sie starrte blinzelnd zu ihm hoch.

Küss ihn, flüsterte ihre Wölfin. *Küss ihn.*

Nala betrachtete seine Lippen, und verdammt – sein Blick senkte sich auf ihre.

Küss mich, hätte sie zu gern geflüstert, brachte jedoch nicht mehr als ein kleines Zucken des Munds zustande.

Harrison beugte sich näher. Nala legte den Kopf schief und leckte sich über die Lippen. Durch die Luft zwischen ihnen sprühten bereits wilde Funken, die versprachen, wie gut dieser Kuss werden würde. Seine Lider senkten sich auf halbmast, während er sich ihr näherte, und sie rollte sich auf die Fußballen hoch.

Dann: *Peng!* Der Rechen, den Harrison gegen die Tür gestützt hatte, fiel um, und sie wirbelten beide herum.

Nalas Herz pochte wild in der Brust, weil sie damit rechnete, dass die Vampire hereinstürmen würden, doch das blieb aus. Nur strahlendes Sonnenlicht und ein Hauch frischer Luft strömten herein, als wollten sie sagen: *Zeit zum Aufbruch. Nur für alle Fälle.*

Nala atmete langsam aus und zog den Reißverschluss ihrer Jacke zu. „Ich denke, wir sollten besser gehen."

„Ja, sollten wir wohl", pflichtete er ihr bei.

Nala spürte seinen Blick, und obwohl sie sich danach sehnte, den Kuss nachzuholen, den das Schicksal ihnen stibitzt hatte, traute sie sich nicht recht.

Harrison kramte in seinem Rucksack und holte einen Müsliriegel hervor. „Tut mir leid. Sonst habe ich nichts."

Sie teilte ihn in zwei Hälften und reichte ihm eine. „Ein Frühstück für Champions."

Er lächelte, und schon war der unbeholfene Moment verflogen. Innerhalb weniger Minuten hatten sie ihre Rucksäcke gepackt und traten hinaus, wo sie wie ein paar Nachteulen in der Morgensonne blinzelten.

„Wow", hauchte Nala, als sie die winterliche Landschaft von New England auf sich wirken ließ. „Das ist atemberaubend."

Eine dicke Schneeschicht bedeckte die sanften Hügel und bildete einen Kontrast zu den Wänden einer roten, einen knappen Kilometer entfernten Scheune. Aus dem Schornstein der nächstgelegenen Farm stieg Rauch auf, von den nahen Bäumen wehten zarte Schneefahnen. Als Nala seufzte, bildete ihr Atem ein kleines Wölkchen, genau wie der von Harrison.

Sie wünschte, sie hätte eine Kamera, um die Szene festzuhalten. Stattdessen drückte sie Harrisons Hand, als wäre sie ihr Auslöser. Ihre Augen würden die Rolle des Objektivs übernehmen, ihr Gedächtnis die des Films, um den Moment für immer einzufangen.

„Wir sollten wohl los", flüsterte sie eine Minute später, obwohl sie wünschte, sie könnten bleiben.

Und damit setzten sie sich in Bewegung – diesmal in menschlicher Gestalt, da helllichter Tag herrschte. Ihre Stiefel knirschten über den Schnee, während sie über die eigenen langen, von der Sonne geworfenen Schatten marschierten.

„Sollen wir die Straße riskieren?", fragte sie.

Harrison nickte grimmig. „Das würde schneller gehen."

„Hast du eine Ahnung, wie weit wir es noch haben?"

Er schnupperte und legte den Kopf von einer Seite zur anderen schief. „Mindestens hundertdreißig Kilometer."

Mist. Nala straffte die Schultern und drängte einen verängstigten Schauder zurück. Hundertdreißig Kilometer hatten sich noch nie so hoffnungslos weit angefühlt. „Vielleicht können wir trampen."

Davon wirkte Harrison nicht überzeugt. „Vielleicht."

Sie kamen langsam voran, bis sie die Straße erreichten. Selbst dort ging es kaum besser, bis ein Schneepflug vorbeikam und eine schmale Schneise räumte.

„Besser." Nala vergrößerte die Schritte, um mit Harrisons langen Beinen mitzuhalten.

„Besser und schlechter", erwiderte er. „So ist es auch für die Vampire einfacher, voranzukommen."

„Vielleicht haben sie aufgegeben."

Harrisons Schweigen verriet ihr, was er darüber dachte. Einen Moment später ergriff er das Wort. „Wie haben Sie dich überhaupt gefunden?"

„Das kann ich mir nicht erklären. Ich bin mir sicher, dass sie mir nicht gefolgt sind. Sie sind einfach aus dem Nichts aufgetaucht."

Er sah sie an. „Hör mal, Nala, ich frage das nur ungern, aber hast du... Hast du je..." Er verstummte, und sie überlegte, warum er zögerte.

„Was?“

Harrison schürzte die Lippen und grübelte eine Weile. „Vampire können dich aufspüren, wenn sie dein Blut gekostet haben.“

Verblüfft blieb Nala stehen. Dachte er etwa, sie würde einen Vampir an ihr saugen lassen? Manchen Frauen mochte so etwas einen Kick verschaffen, aber das galt nicht für sie. Auf keinen Fall.

„Igitt. Nein. Ich würde nie zulassen, dass ein Vampir...“

Abrupt verstummte sie, als ihr der Tag in den Sinn kam, an dem sie mit dem Fahrrad gestürzt war. Hlavek hatte ihr aufgeholfen und ihr Blut von seiner Hand geleckt.

Köstlich, hatten seine rötlich leuchtenden Vampiraugen besagt. *Ich will mehr.*

„Was ist?“, hakte Harrison nach.

„Ich bin vom Fahrrad gefallen und habe mir das Knie aufgeschlagen. Es war nicht schlimm, aber es hat geblutet. Und er war da. Verdammt, Harrison. Hlavek hat mein Blut gekostet.“

Plötzlich ergab alles einen Sinn. All die Male, die der Vampir aus dem Nichts aufgetaucht war und sie überrascht hatte. All die Male, die der großspurige Mistkerl sie davoneilen ließ, weil er genau wusste, dass er sie jederzeit finden konnte.

Oh Gott. Der Vampir konnte sie überall aufspüren. Er könnte ihr in diesem Moment auf der Fährte sein.

Abrupt wirbelte sie herum und schaute die Straße entlang zurück. Gleichzeitig beschleunigte sie die Schritte. „Mist.“

Nala hatte ihr Handy im Auto gelassen, also konnte sie nicht zu Hause anrufen. Natürlich könnte sie versuchen, ihre Familie mit einem gedanklichen Hilferuf zu erreichen. Aber verdammt: Musste sie wirklich darauf zurückgreifen?

„Der Schnee wird die Vampire verlangsamen“, meinte Harrison, der ebenfalls schneller marschierte. „Wenn wir einfach in Bewegung bleiben...“

Und das taten sie – im Laufschritt. Aber nach und nach erwachte die Welt um sie herum, und Nala wurde mit jeder verstreichenden Minute nervöser. Ein Auto fuhr vorbei, dann noch eines. Als sie sich vorsichtig einem Dorf näherten, herrschte dort reges Treiben. Die Leute schaufelten Schnee.

Kinder bewarfen sich gegenseitig mit Schneebällen. Geschäfte räumten ihre Bürgersteige für Kunden, die noch letzte Weihnachtseinkäufe erledigen wollten, bevor für die Feiertage alles schließen würde.

Nala ergriff Harrisons Hand, während sie wachsam die Straße entlangging.

Hört auf zu schaufeln, hätte sie am liebsten allen zugerufen. *Haltet den Pflug an. Haltet alles an. Ein Vampir ist hinter mir her und…*

Harrison legte beide Hände um ihre, und die Panik verringerte sich wieder. Sie zog den Reißverschluss ihres Anoraks zu, versteckte sich hinter dem hohen Kragen – als könnte sie sich damit vor Hlavek verbergen – und ging weiter.

Eine Glocke bimmelte, und der Duft von Speck und Eiern wehte aus einem Diner und ließ Nala das Wasser im Mund zusammenlaufen. Sie wagte nicht vorzuschlagen, zum Essen anzuhalten, aber Harrison wurde langsamer und zeigte in das Lokal.

„Ein Telefon. Die haben ein Münztelefon."

Nala rannte praktisch zur Tür und dankte ihrem Glücksstern für all die schrulligen Winkel und Ecken in New England, wo man die Dinge noch auf altmodische Weise handhabte. Sämtliche Gäste schauten auf, als sie ins Lokal stürmte, und die Köpfe blieben erhoben, als Harrison ihr folgte. Die Leute schauten so verdattert drein, dass sie sich umdrehte, um nachzusehen, ob er sich in einen Bigfoot verwandelt hatte. Aber nein, zum Glück nicht. Seine Größe erregte das Aufsehen – und vielleicht auch sein Äußeres, denn prompt kamen zwei Kellnerinnen herbeigeeilt.

„Was darf ich bringen?", fragten sie gleichzeitig und klimperten dabei mit den Wimpern.

Nala knurrte leise und zwang sich zu Konzentration auf das Telefon.

„Vier Muffins bitte. Zum Mitnehmen", antwortete Harrison, während Nala wählte.

„Warum bleibst du nicht, Süßer?", schlug die ältere Kellnerin vor.

Er ist nicht dein Süßer, hätte Nala sie beinah angeherrscht. *Er gehört mir.*

Aber tat er das?

„Tut mir leid, keine Zeit. Und auch zweimal Kaffee zum Mitnehmen bitte.“

„Wir haben ein Frühstücksangebot“, versuchte es die jüngere Kellnerin und hob mit dem Tablett ihre Brüste an.

Harrison schürzte die Lippen und schaute verkniffen drein.

„Hallo?“ Eine Stimme drang knisternd aus dem Telefon, und Nala drehte dem Gastraum den Rücken zu, um etwas ungestörter zu sein.

„Ma?“

„Schatz, wo bist du? Wir sind hier krank vor Sorge.“

Bin ich auch, wollte sie sagen.

„Äh, ich hatte eine Autopanne.“ Sie tippte mit den Fingern neben dem Telefon und überlegte, wie sie ihrer Mutter von den Vampiren erzählen sollte, ohne sämtliche Gäste im Diner aufzuschrecken.

„Wo bist du? Warte kurz. Lana und Tyler sind gestern Abend angekommen. Ich habe gerade die Kinder bei mir.“ Ihre Mutter brachte die im Hintergrund herumtollenden Kleinen zum Schweigen.

Nala schaute zu Harrison. Ihre Schwester Lana und Tyler, der mächtige Alphawolf des Twin Moon Rudels, waren zu Besuch aus Arizona gekommen. Sollte sie Harrison warnen?

Ihr Blick wanderte an seinem Körper auf und ab. Nein. Zum einen hatten Harrison und sie gerade größere Sorgen als die Aussicht auf eine neuerliche Begegnung mit Tyler Hawthorne. Außerdem hatte sie das Gefühl, dass eher Tyler überrascht einen Schritt zurückweichen würde, nicht Harrison.

„Was hast du noch mal gesagt, Schatz?“, fragte ihre Mutter. „Wo bist du? Was dauert so lange?“

„Ich bin in...“ Nala wandte sich an die Kellnerin, die immer noch unverhohlen Harrison angaffte. „Welche Ortschaft ist das hier?“

Die Frau antwortete ihr nicht. Sie schien zu beschäftigt damit zu sein, Harrison mit den Augen auszuziehen. Nala knirschte mit den Zähnen.

„Naples", sagte ein Mann am Tresen.

Nala nickte ihm zum Dank zu und rief ins Telefon: „Naples in Vermont. Ich bin in Schwierigkeiten geraten."

„Schwierigkeiten? Was für Schwierigkeiten?"

Die der blutsaugenden Art. Wie genau könnte sie das vermitteln, ohne dass die Menschen um sie herum sie für verrückt hielten?

„Erinnerst du dich an das Problem, von dem Lana erzählt hat? Das die Twin Moon Ranch vor ein paar Jahren hatte?" Bestimmt würde sich ihre Mutter an die Schilderung des Vampirangriffs in Arizona erinnern.

„Den Ärger mit den neuen Rindern?"

Nala gab einen genervten Laut von sich. Wenn es nur das wäre.

„Nein, Ma. Das andere Problem."

„Höllenhund?", kreischte ihre Mutter.

Nala zuckte zusammen und hielt den Hörer vom Ohr weg. „Nein. Das andere Problem." Würde sie wirklich sämtliche Probleme durchgehen müssen, die ihre Schwester auf ihrer Ranch überwunden hatte?

„Abtrünnige?"

Um ein Haar hätte Nala gegen die Wand geschlagen. Es war, als spielte man Scharade am Telefon. „Nein. Das *andere* Problem, Ma."

In der Leitung wurde es still, bis ihre Mutter am anderen Ende flüsterte: „Vampire?"

Halleluja. „Ja. Vier."

„Vier Vampire? Nate!", rief ihre Mutter zu ihrem Vater. „Schatz, bleib genau, wo du bist."

„Kann ich nicht." Nala suchte die Straße draußen nach dem schwarzen SUV ab. „Wir müssen in Bewegung bleiben. Sie verfolgen uns."

„Uns?" Mittlerweile klang ihre Mutter richtig panisch.

Nala verdrehte die Augen. „Harrison ist bei mir." *Gott sei Dank,* hätte sie beinah hinzugefügt. Was hätte sie ohne ihn getan?

„Harrison?“ Kurz wurde es in der Leitung sehr still, und Nala fragte sich, was ihrer Mutter durch den Kopf ging. „Sieh an, sieh an.“

Noch nie hatte in so knappen Worten so viel zwischen den Zeilen mitgeschwungen, aber Nala ignorierte es.

„Kann uns jemand abholen? Ich rufe von unterwegs wieder an. Und wenn ihr nah genug seid – na ja, dann brauchen wir kein Telefon.“ Sobald ihre Familie nah genug wäre, würden sie sich gedanklich erreichen können.

„Schatz, sei vorsichtig.“

Nala seufzte. Sie würde sich bemühen.

Nachdem sie den Hörer aufgelegt hatte, drehte sie sich wieder zu Harrison um, der gerade sein Wechselgeld für die Muffins und den Kaffee bekam. Die Kellnerin drückte ihm jede Münze einzeln und quälend langsamen in die Hand.

„Oh, um Himmels willen.“ Nala packte Harrison am Arm. „Behalte den Rest.“

Sie eilten hinaus.

Harrison atmete erleichtert aus, kaum dass sie sich draußen und außer Reichweite der Kellnerin befanden.

„Danke“, murmelte er und reichte Nala einen Muffin, den sie mit nur drei Bissen verschlang, bevor sie ihn mit einem Schluck heißem Kaffee hinunterspülte.

Sie führte ihn die Straße hinunter. „Wir müssen weiter.“

„Kannst du spüren, dass sie sich nähern?“

Nala holte tief Luft, dann schüttelte sie den Kopf. Es war unmöglich, ihre allgemeine Furcht von der Empfindung naher Vampire zu unterscheiden.

„Nein, kann ich nicht.“

Sie eilten um eine Ecke und eine andere Straße hinunter zu einer Tankstelle, wo Harrison sie vorwärts schob. „Geh. Sieh zu, ob uns jemand als Anhalter mitnimmt.“

Einen Moment lang starrte sie ihn an. „Aber es ist gefährlich, mit Fremden mitzufahren.“

So gefährlich wie Vampire? fragten seine hochgezogenen Augenbrauen.

Damit hatte er wohl nicht unrecht.

Gleich darauf schüttelte er den Kopf und beruhigte sie. „Nicht gefährlich, wenn du bei mir bist." Er sprach es leise aus, doch in den Worten schwang rohe Kraft mit. „Versprochen."

Nala holte tief Luft und versuchte, die richtigen Worte zu finden, um auszudrücken, was sie empfand, doch es gelang ihr wieder nicht. Also nickte sie nur und trottete zu einem Lastwagenfahrer, der gerade tankte. Zwei Minuten später grinste sie und winkte Harrison zu sich.

„Harrison, das ist Linus", stellte sie vor.

Der Fahrer hatte ebenfalls ein breites Grinsen aufgesetzt, als Nala ihn gebeten hatte, mitfahren zu dürfen, doch es verblasste in dem Moment, als er Harrison sichtete. Offensichtlich war der Mann alles andere als begeistert vom bedrohlich wirkenden, zwei Meter großen Freund seiner Mitfahrerin.

„Danke, Linus", sagte Harrison so höflich wie möglich.

Fünf Minuten später fuhren sie nach Süden in Richtung Massachusetts. Linus summte zu der Bluegrass-Musik im Radio vor sich hin.

Nala schaute immer wieder in den Rückspiegel, aber mit der Zeit und den zurückgelegten Kilometern entspannte sie sich ein wenig. Vielleicht hatten sie einen ausreichenden Vorsprung, um den Vampiren zu entkommen. Vielleicht würde alles gut werden. Vielleicht...

Sie erstarrte, als sie ein Fahrzeug sah, das nicht weit hinter ihnen die Spur wechselte. Ein schwarzer SUV.

Kapitel 5

Harrison hatte Mühe, die Augen offen zu halten. Aber er hatte in der vergangenen Nacht keine Sekunde gedöst, und das sanfte Schaukeln des Lastwagens lullte ihn immer wieder ein. In dem Diner war er aufgekratzt gewesen – all die Leute, die ihn angestarrt hatten, und schlimmer noch, die Kellnerin, die seine Hände betastet und ihm schöne Augen gemacht hatte. Als ob ihn eine andere Frau als Nala interessierte. Das war nie der Fall gewesen und würde es auch nie sein. Selbst, wenn er sie nicht haben könnte, er würde sie bis ans Ende seiner Tage lieben.

Allmählich jedoch verflüchtigte sich seine Verärgerung. Nala saß dicht bei ihm, und ihre Nähe beruhigte seine Seele. So sehr, dass ihm die Lider zufielen und sein Geist zu glücklichen Gedanken abdriftete. Zum Beispiel, wie Nala seine Hand hielt. Wie Nala ihn anlächelte. Wie Nala...

Harrison.

Sie stupste ihn an, und er schaute abrupt auf. Mist. War er etwa eingenickt?

Sie saß an der Tür. Er hatte darauf bestanden, sich in der Mitte als Barriere zwischen Nala und Linus niederzulassen, falls der Mann irgendetwas bei ihr versuchen wollte. Bisher schien der Trucker recht liebenswürdig zu sein, trotzdem wollte Harrison keinerlei Risiko eingehen, dass Nala etwas passieren könnte. Weder jetzt noch überhaupt jemals.

Sie zeigte auf den Seitenspiegel, und er beugte sich hinüber, um hinzusehen.

Was ist? Er übertrug die Frage in ihren Kopf.

Sie hob die Hand, wartete und zeigte dann hin.

Mist. War das derselbe schwarze Mercedes? *Sind sie das?*

Ich bin mir nicht sicher, antwortete sie. Aber ihr gesamter Körper versteifte sich neben seinem, und er konnte die Angst wittern, die sie zu verbergen versuchte.

Mittlerweile befanden sie sich auf dem Highway, und der Lkw bretterte an einem Schild vorbei. Sie näherten sich Brattleboro, was bedeutete, dass sie es nicht mehr weit bis Massachusetts hatten. Da Nalas Verwandte ihnen aus den Berkshires nach Norden entgegenkamen, musste Harrison nur Zeit gewinnen. Vielleicht ungefähr eine Stunde. Dann würden Nala und er alle Unterstützung haben, die sie brauchten, um die Vampire abzuwehren.

Aber verdammt: Er hatte keine Stunde.

Nala gab ein leises Japsen von sich. Hinter ihnen befand sich ein zweites Fahrzeug, das sich synchron mit dem ersten bewegte. Anscheinend hatte Hlavek ein paar Freunde zusammengetrommelt.

Linus drehte das Radio leiser und setzte den Blinker für eine Rechtskurve, ohne etwas von der Gefahr hinter ihnen zu ahnen. „Ich muss kurz anhalten.“

Um ein Haar hätte Harrison zur Seite gegriffen und das Lenkrad nach links gerissen. Wieso um alles in der Welt musste der Typ schon wieder stehen bleiben?

„Äh...“, stammelte Nala.

„Stimmt etwas nicht?“, fragte Linus.

Harrison legte Nala die Hand auf den Oberschenkel und versuchte, ihr eine Ruhe zu vermitteln, die er nicht empfand.

Mach dich bereit, zu flüchten, übermittelte er ihr. *Sobald der Laster anhält, verschwinden wir in den Wald.*

Sie sah ihn an und schluckte. *Du hast recht. Wir müssen Linus da nicht mit reinziehen.*

Beide saßen regungslos da, sämtliche Muskeln angespannt. Nala schürzte die Lippen und schob unauffällig die Hand unter den Türgriff. Harrison berechnete im Kopf mehrere Faktoren. Beispielsweise, wie lange er brauchen würde, um auszusteigen, und wie viele Schritte, um Nala einzuholen. Wie lange er die Vampire aufhalten könnte, um Nala die Chance zur Flucht zu ermöglichen.

Der Trucker verlangsamte die Fahrt und schwenkte auf die Abbiegespur. Der Tacho sank auf neunzig Stundenkilometer.

Achtzig. Gott, wie hart würde man auf dem Boden aufgeschlagen, wenn man aus einem achtzig Stundenkilometer schnellen Truck spränge? Harrison betrachtete den Rastplatz vor ihnen. Rechts befand sich eine Picknickwiese, die direkt an den Wald grenzte, dann folgte ein großflächiger Parkplatz mit einem Gebäude voller Fast-Food-Restaurants. Dahinter lag ein weiterer Parkplatz. Keine große Auswahl, und schon gar kein Platz zum Verstecken.

Er drückte Nalas Hand und wünschte, sie hätten mehr Zeit zur Verfügung. Zeit zum Reden. Zeit, ihr in die Augen zu schauen. Zeit für einen Erklärungsversuch. *Ich liebe dich, Nala. Ich habe dich immer geliebt. Und das werde ich immer.* Harrison schloss die Lider und wünschte, er könnte es ihr auf der Stelle sagen. Er wünschte, er könnte sie fragen: *Liebst du mich auch?*

Aber sie mussten sich konzentrieren, und das wusste er. Seine Zeit war abgelaufen. Es würde für ihn kein gemeinsames Leben mit seiner Gefährtin geben, wie er es sich so oft erträumt hatte. Er könnte höchstens noch für sie sterben.

Autos brausten an ihnen vorbei, als Linus den Laster auf sechzig Stundenkilometer verlangsamte.

„Mein Lieblingsplatz, um Kaffee zu holen", erklärte der Trucker vergnügt. „Viel besser als die Tankstelle vorhin."

Harrison rieb mit dem Daumen über den von Nala. *Da. Der Picknickplatz. Da springen wir raus.*

Ihre Augen wurden groß, denn es stand fest, dass Linus nicht vorhatte, bereits dort anzuhalten. Harrison rechnete damit, dass Nala den Kopf schütteln und in Gedanken rufen würde: *Während der Laster noch fährt? Bist du verrückt?* Tat sie aber nicht. Sie nickte ihm nur knapp zu und rutschte näher zur Tür.

„Nochmals danke fürs Mitnehmen, Linus", sagte sie.

„Ist mir ein Vergnügen. Und keine Sorge. Ich bringe euch gern bis nach Springfield."

Harrison schüttelte den Kopf. Wenn Linus nur wüsste, wie schnell ihr Abgang erfolgen würde. Und verdammt, was war

Nala doch erstaunlich, dass sie in einem solchen Moment daran dachte, sich zu bedanken.

Sag etwas, drängte ihn diese innere Stimme. *Sag es ihr, solange du noch kannst. Sag: Ich liebe dich, Nala.*

Aber die beiden SUV waren ebenfalls abgefahren. Es blieb keine Zeit für Liebesgeständnisse. Harrison würde so sterben müssen, wie er gelebt hatte: indem er seine Liebe zu ihr geheim hielt.

Spielt keine Rolle, sagte er sich. *Solange sie weiterlebt.*

Trotzdem, klagte seine animalische Seite. *Gefährtin...*

Harrison zwang sich zu Konzentration auf den Tachometer, der mittlerweile auf fünfzig Stundenkilometer sank.

Sag es ihr, verlangte die innere Stimme. *Sag es ihr.*

Harrison schüttelte den Kopf. *Nicht jetzt. Nicht hier.*

„Jetzt!", rief er und schob Nala zur Tür.

„Was zum...", entfuhr es Linus.

Nala stieß die Tür auf und sprang.

Tröööööööt! Das Auto hinter ihnen trat auf die Bremse, als Nala auf dem Asphalt landete und sich überschlug.

Bleib in Bewegung, brummte Harrison, als er selbst sprang. Und wow: Fünfzig Stundenkilometer waren erheblich schneller, als sie sich anhörten, wenn man sah, wie der Boden verschwommen unter den Füßen dahinraste. Vertikal ging es nur eine Körperlänge nach unten, trotzdem fühlte es sich wie eine breite Kluft an.

Er landete weniger, sondern knallte vielmehr auf den Boden. Weitere Hupen plärrten. Ein Auto scherte nur einen Meter entfernt an ihm vorbei, ein anderes schlitterte in weiterem Bogen vorüber. Harrison rappelte sich auf und rannte hinter Nala her. Auch die Hupen klangen lauter, wenn man sich auf Augenhöhe mit einer Stoßstange befand. Von der Wucht des Aufpralls rasten Schmerzen durch sein Bein, dennoch sprintete er weiter.

Spielt keine Rolle. Nur Nala zählt.

Bremsen quietschten. Türen wurden aufgerissen und zugeschlagen, als die Vampire aus dem SUV sprangen. Dann wiederholten sich die Geräusche, und Harrisons Mut sank. Ja, Hlavek hatte tatsächlich Verstärkung gerufen.

„Wie viele…", begann Nala, aber er winkte sie weiter.

„Schau nicht zurück. Nicht langsamer werden. Lauf einfach."

Er rannte über den Picknickplatz, wo eine ältere Dame mit einem Cockerspaniel spazieren ging und ihn mit großen Augen anstarrte.

„Vorsicht!"

Er wünschte, er hätte Zeit für eine Erklärung, doch dafür war es wohl kaum der richtige Moment. Ihm sträubten sich die Nackenhaare – ein sicheres Zeichen dafür, dass die Vampire aufholten.

„Beeilung. In den Wald", drängte er Nala weiter.

Sie sprintete durch die Büsche und in den dichten Wald, wo die Geräusche der vorbeifahrenden Autos rasch zu einem entfernten Hintergrundbrummen verblassten.

„Lauf weiter. Los!", rief er.

Äste knackten, während Nala rannte und sich einen Weg durch das Unterholz bahnte. Hinter ihnen verrieten dieselben Geräusche, dass die Vampire ihnen dicht auf den Fersen waren.

„Wie weit sind deine Leute noch entfernt?", rief Harrison in vollem Lauf. „Kannst du sie schon fühlen?"

„Sie kommen näher", antwortete Nala keuchend. Ihr Haar wallte in losen, seidigen Strähnen hinter ihr her. *Aber sie sind noch nicht nah genug*, fügte sie gleich darauf gedanklich hinzu, was die Vampire nicht hören konnten.

Mist. Also lag alles an Harrison.

„Verwandle dich", forderte er Nala auf. „Verwandle dich."

Sie warf ihm einen wilden Blick zu, während sie rannte. *Mitten in vollem Lauf verwandeln? Eine winzige Fehleinschätzung, und man landet auf dem Hintern.*

Das wusste er genauso gut wie sie. Als Kinder hatten sie es ausprobiert. Meist waren sie dabei gestürzt und hatten sich überschlagen. Was normalerweise damit geendet hatte, dass sie zusammen hysterisch über ihre gescheiterten Versuche lachten. Nur würde es diesmal mit Sicherheit nicht lustig werden.

„Du zuerst", stieß sie schwer atmend hervor, als sie einen bewaldeten Hügel hinaufhetzten.

Nein, du, schoss er zurück. Wenn sie sich zuerst verwandelte, konnte er sie beschützen, falls sie fiele.

Verdammt. Vertrau mir! rief sie in seinen Gedanken.

Er öffnete den Mund zu einer Erwiderung, dann schloss er ihn wieder. Was sollte er dazu sagen? *Ich liebe dich, aber ich vertraue dir nicht?*

Taten sprechen lauter als Worte, merkte die Stimme in seinem Kopf an.

Er holte tief Luft und bereitete sich auf die Verwandlung vor. Was immer Nala im Schilde führte, er musste Vertrauen in sie haben. Und was es auch sein mochte, er hoffte inständig, es würde funktionieren.

Harrison straffte die Schultern und senkte das Kinn. Dann stellte er sich eine winterliche Blockhütte von außen vor und stieß sich von einem Felsbrocken ab, um den Bruchteil einer Sekunde mehr Zeit für die Verwandlung zu gewinnen. Seine Sicht verschwamm. Seine Knochen ächzten. Seine sich verlängernden Füße brüllten unter dem Druck der Stiefel. Das Hemd teilte sich am Rücken, der Rest seiner Kleidung zerriss, als er seine innere Bestie entfesselte.

Wumm! Sein rechter Fuß landete wuchtig auf dem Boden. Lederfetzen baumelten daran – die Überreste seines Stiefels. Er taumelte zwar, fand aber rechtzeitig das Gleichgewicht, um auch mit dem linken Fuß aufzusetzen und weiterzueilen.

Wow.

Im letzten Moment duckte er sich unter einem Ast hindurch. In Bigfoot-Gestalt ragte er noch einen Kopf höher auf, wodurch er mehr Ästen ausweichen musste.

„Spitze!", jubelte Nala, als sie über die Kuppe der Erhebung im Gelände rannten. Nahtlos lief sie auf der anderen Seite hinunter, verlängerte die Schritte und pumpte mit den Armen. Dann hüpfte sie auf einen Baumstumpf, stieß sich davon ab und verwandelte sich in der Luft.

Es hätte ein erschreckender Anblick sein müssen, wie sich eine wunderschöne junge Frau in Wolfsgestalt verwandelte. Aber Nala gelang es mit dem Timing und der Anmut einer Ballerina. Sie streckte sich und bewegte einen Fuß nach vorn, der sich nahtlos in eine Pfote verwandelte. Ihre Grimasse ging in ein Wolfslächeln über, ihre perfekten, vollen Hüften formten sich zu schlanken, muskulösen Hinterläufen, gefolgt von einem Schwanz.

Einem Schwanz, der im Moment der Landung schnippte, und sie rannte weiter, ohne auch nur ins Stocken zu geraten. *Fang mich,* forderte die Gestik Harrison heraus. *Fang mich, wenn du kannst.*

Und wieder erhaschte er einen flüchtigen Blick in die Vergangenheit – auf all die Male, die sie im Wald Fangen gespielt hatten. Aber statt sie einzuholen und *Hab dich!* zu rufen, stellte er sich vor, sie sich zu schnappen und zu brummen: *Mein. Meine Gefährtin.* Und statt danach in Gelächter auszubrechen, würden sie sich in die Arme fallen und sich gegenseitig mit Küssen und heißen Berührungen überhäufen, bis...

Abrupt riss Harrison die Gedanken zurück in die Gegenwart.

Wunderschön, murmelte er in seinem Geist, während er beobachtete, wie sie dahinrannte.

„Schnappt sie euch!", ertönte eine Stimme von hinten.

Harrison knurrte leise. Und als Nala eine Minute später schlitternd zum Stehen kam, brüllte er vor Wut. Sie hatten eine Lichtung erreicht, auf der ihnen zwei Vampire auflauerten.

Scheiße. Nala wirbelte herum.

Harrison wäre um ein Haar von hinten in sie hineingerannt. Jäh wirbelte er mit einem wilden Knurren herum und brachte die anstürmenden Vampire damit abrupt zum Bremsen.

Rücken an Rücken. Komm Rücken an Rücken, rief Nala.

Er wich zurück, bis er spürte, wie ihr Wolfskörper gegen seine Beine stieß. Synchron drehten sie sich im Kreis und starrten wütend den Vampiren entgegen, die sich um sie herum verteilten. Harrison bewegte sich langsam und zählte im Kopf mit. Acht. Diesmal waren es acht Vampire.

Du. Nala knurrte, als sie dem Anführer gegenüberstand.

„Du", gab Hlavek mit vor Hohn triefender Stimme zurück. „Du hättest es dir so viel einfacher machen können. So viel angenehmer."

Bei den Worten blitzten in Harrisons Kopf zig Bilder auf, die ihn anwiderten. Er knurrte so tief, dass der Laut durch den Wald hallte.

Der Vampir schaute finster drein. „Jetzt hast du dir einen anderen Tod eingehandelt, aber dein Blut wird mich trotzdem nähren."

Dein Blut wird die Erde beflecken, gab Nalas Wölfin knurrend zurück. *Nicht meines.*

Ihre Stimme klang zwar kämpferisch und fest, doch Harrison erkannte die subtileren Hinweise. Den steifen Winkel ihres Schwanzes. Die verbissene Linie ihrer Kieferpartie. Sie wusste, wie gering die Chancen standen. Schier unglaublich gering.

„Eigentlich wollte ich dich nicht teilen." Der Vampir deutete auf seine Komplizen. „Aber du lässt mir ja keine Wahl."

Ich allein entscheide, mit wem ich meinen Körper teile, schoss Nala zurück.

Hlavek lachte. „Ach ja? Und mit wem? Mit dieser Bestie? Diesem... diesem... Monster?"

Harrison schnippte mit den Fingern und fuhr abrupt die Krallen aus.

Bigfoot, grollte Nala dem Vampir entgegen. *Er ist ein Bigfoot, und er ist mein Gefährte. Also ja: Ich werde ihn mit ihm teilen, und nur mit ihm.*

Harrison klappte der Mund auf, als er zu ihr hinabblickte. *Gefährte?*

Gleichzeitig schaute sie zu ihm auf, und ihre Augen leuchteten. *Es ist mir erst klar geworden, als du gegangen bist. Aber ja – ich liebe dich, und zwar nicht nur als Freund. Ich will mit Freuden alles mit dir teilen. Meinen Körper. Mein Herz. Meine Seele.*

Sein Herz hüpfte und tanzte, und eine Sekunde lang hätte er beinah die Vampire vergessen, die sich um sie herum scharten.

Nalas herzliches Lächeln wurde verkniffen. *Das heißt, sobald wir diese Arschlöcher erledigt haben.* Sie wandte sich wieder dem Feind zu und fletschte die Zähne. *Letzte Chance, Hlavek. Verschwinde oder stirb.*

Der Vampir rechts von Hlavek wich einen Schritt zurück. Nala wirkte so wild, so entschlossen. Aber Hlavek war besessen.

Er riss den Mund weit auf und fuhr die Fänge auf eine grausige Länge aus.

„Schnappt sie euch." Dazu führte er eine hackende Geste mit den Händen aus.

Und schon stürzten sich die Vampire auf sie.

Harrison schwang den linken Arm in weitem Bogen mit gezückten Klauen einem anstürmenden Vampir entgegen. Gleichzeitig schlug er mit der rechten Faust zu und wehrte einen anderen ab. Nala stürzte vorwärts und schnappte mit ihren kräftigen Kiefern zu. Ein Vampir schrie auf, wich zurück und umklammerte seinen Arm.

„Schnappt sie euch, verdammt!", brüllte Hlavek.

Ja, brummte Nala. *Schnappen wir sie uns.*

Ihr Körper strahlte pulsierend Wut und Entschlossenheit aus, genau wie der ihres Vaters bei den wenigen Gelegenheiten, bei denen Harrison den Alphawolf wütend erlebt hatte. Jeder wusste, dass die Dixons eine mächtige Blutlinie besaßen, aber er war noch nie Zeuge geworden, wie Nala selbst diese Macht aus sich heraufbeschwor. Andererseits hatte er sie auch noch nie um ihr Leben kämpfen gesehen.

Doch selbst eine mutige Wölfin hatte ihre Grenzen, wie er wusste.

Also zeig ihr, was wir können, drängte ihn seine innere Bestie. *Mach sie stolz.*

Harrison betete, dass es ihm gelingen würde, statt sie nur zu entsetzen. Bigfoots kämpften nicht oft, aber wenn, dann nicht schön und schon gar nicht sauber. Er war selbst entsetzt über die Nachwehen seines ersten Kampfs auf Leben und Tod vor so vielen entbehrungsreichen Jahre gewesen. Sollte er es wagen, Nala diese Seite von sich zu zeigen?

Wagst du es, sie ihr nicht zu zeigen? brummte seine innere Bestie zur Antwort.

Die Vampire rückten für einen zweiten, besser koordinierten Angriff an, und Harrison bleckte die Zähne. Ja, er würde Nala diese Seite zeigen. Und wie.

Ein ohrenbetäubendes Dröhnen erfüllte die Luft, und eine jüngere Version seiner selbst wäre vielleicht genauso erschrocken zusammengezuckt wie zwei der Vampire. Doch das tat Harrison nicht. Diesmal nicht. Vor allem, weil der Laut von ihm selbst ausging – der Schlachtruf eines Bigfoots.

Als er zum Gegenangriff überging, hieb er einem Vampir mit den Krallen über die Brust. Den nächsten rammte er mit der Schulter und schleuderte ihn gegen einen Baum. Einen weiteren packte er an der Gurgel und schüttelte ihn wie eine Marionette, bevor er den Körper gegen einen Felsen warf. Beim Aufprall knackte und knirschte es hörbar, und der Vampir erschlaffte.

Drei erledigt, verkündete sein nächstes Knurren. *Wer will der Nächste sein?*

Hinter ihm ertönte das Geräusch einer Kehle, die herausgerissen wurde, gefolgt von Nalas triumphierenden Knurren. Nur einen Moment später jedoch rief sie um Hilfe. *Harrison!*

Er wirbelte herum und kämpfte sich in ihre Richtung. Ein Vampir hatte sie am Hals gepackt und setzte dazu an, sie zu beißen, doch es befanden sich noch zwei andere Blutsauger im Weg.

Nein! schrie Harrison innerlich. *Nicht meine Gefährtin!*

Vampirfingernägel, so scharf wie Stilette, fetzten über seinen Rücken, aber er kämpfte sich durch die Schmerzen. Es spielte keine Rolle, wie viele Wunden er erlitt. Er musste dafür sorgen, dass Nala nichts passierte.

Weg von mir! Knurrend packte Harrison den Vampir mit beiden Händen. Er zog den Mann an seine Brust, schlang einen Arm um seinen Hals und drehte den Kopf mit einem so kraftvollen Ruck, dass ein übelkeitserregendes Knacken ertönte.

Fünf Vampire erledigt. Harrison wankte rückwärts, fand das Gleichgewicht wieder und sah sich mit zusammengekniffenen Augen um. Vampire besaßen eine eigene Form von Gift, und er konnte spüren, wie es sich brennend durch seinen Körper ausbreitete. Seine Sicht verschwamm, wurde kurz scharf, dann wieder verschwommen.

Harrison! rief Nala.

Einige Herzschläge lang sah er zwei Nalas, die sich auf die beiden Hlaveks stürzten, die sich von der Seite an ihn angeschlichen hatten, und alle vier wälzten sich in einem wilden Gerangel auf dem Boden.

Verdammt, nicht Nala sollte ihn retten. Er sollte sie retten.

Zwei Vampire sprangen mit verblüffender Geschwindigkeit auf ihn zu, einer von jeder Seite. Einem konnte er ausweichen, dem anderen nicht. Rasiermesserscharfe Fingernägel fetzten durch seine Haut.

Fingernägel? höhnte seine innere Bestie trotz der Schmerzen. *Zeig ihnen etwas Richtiges. Zeig ihnen Krallen.*

Harrison brüllte auf und hieb mit diagonalen Schlägen so wild um sich, dass ihm schwindlig davon wurde. Seine Sicht färbte sich rot. Donner erfüllte seine Ohren, als eine Wut, wie er sie noch nie empfunden hatte, seinen Körper und seinen Geist erfasste.

Sie wollen sie umbringen. Unsere Gefährtin umbringen, heulte die innere Stimme.

Blindlings schlug er um sich, orientierte sich an den Schreien und den reißenden Geräuschen. Er grunzte. Boxte. Trat. Immer und immer wieder, bis ein weiterer Vampir leblos zu Boden sackte.

Harrison schwankte auf den Beinen, während er Ausschau nach dem anderen hielt. Wo war er hin? Und wo steckte Hlavek?

Harrison! rief Nala.

Sechs erledigt, zählte er. Dann fiel sein Blick auf den Vampir, der sich gerade über seine Gefährtin beugte. *Und du bist der Nächste, Arschloch.*

Nala war auf den Rücken gefallen und krallte verzweifelt mit den Hinterpfoten an Hlavek, aber er war zu stark. Er drückte sie mit dem gesamten Körper nieder, während er die Kiefer weit öffnete.

„Dein Blut gehört mir, kleine Wölfin. Mir allein.“

Harrison preschte los, doch der letzte andere Vampir warf sich ihm entgegen und riss ihn von den Beinen. Sie kämpften wild im Schnee, stießen dabei gegen versteckte Baumstümpfe und Steine. Schließlich packte Harrison den Feind an der Gurgel und drückte zu, bis das Leben aus den Augen des Blutsaugers schwand.

Sieben ausgeschaltet. Nur noch ein Arschloch übrig.

Er wirbelte zurück zu Nala herum. Zu weit weg. Gott, sogar die drei Schritte, die sie voneinander trennten, waren zu weit. Hlavek befand sich bereits an ihrem Hals, und für Harrison bestand keine Chance, sie rechtzeitig zu erreichen.

Das Tosen in seinen Ohren verstärkte sich, aber ein anderes Geräusch kam hinzu. Ein Geräusch, er nicht nur im Kopf hörte, sondern das durch den Wald fegte. Sogar Hlavek schaute abrupt auf und sah sich um.

Eine Stimme? Nein – viele Stimmen, die nach Blut brüllten. Zeter und Mordio schreiende Stimmen von Wölfen, die zielstrebig durch den Wald rasten.

Hlaveks Augen weiteten sich vor Panik, und Nala stieß ihn weg. Er wankte geradewegs gegen Harrisons Körper.

Jetzt stirbst du. Harrison fixierte die Arme des Vampirs hinter dessen Rücken. Obwohl sich in seinem Kopf von dem Vampirgift alles drehte, wollte er lieber verflucht sein, als loszulassen.

Um ihn herum kamen Wölfe aus dem Wald angerannt, und Harrison erkannte unter ihnen vage Nalas Vater und Bruder. Das Gift musste sich einen Weg in sein Gehirn gebahnt haben, denn er hätte schwören können, dass sich auch ihre Schwester Lana darunter befand, zusammen mit einem riesigen, dunklen Wolf, den er nicht einzuordnen vermochte.

„Gnade", stieß Hlavek hervor, der in Harrisons Armen zappelte. „Habt Erbarmen. Mein Zirkel wird euch dafür belohnen..."

Die Stimme des Vampirs wurde leiser und leiser, und Harrison hatte Mühe, die Augen offen zu halten. Das Gift brannte, während es durch seinen Körper strömte. Würde er sterben? War es vorbei? Hatte er gewonnen?

Es ist erst vorbei, wenn dieser Vampir tot ist, flüsterte eine Stimme in seinem Kopf.

„Gnade", rief Hlavek erneut.

Harrison konzentrierte sich auf Nala, die ihn mit wilden, großen Augen anstarrte. Nala, seine Gefährtin, die dieser Vampir töten wollte.

Töten war ihm nie leicht gefallen. Diesmal jedoch schon. Mit einem schnellen Ruck brach er Hlavek das Genick und ließ den Körper wie einen Stein fallen.

Harrison, flüsterte Nala.

Er nahm sie nur verschwommen wahr und konnte nicht erkennen, ob sie besorgt oder angewidert davon war, was er gerade getan hatte.

Harrison? dröhnte die raue Stimme von Nalas Vater durch seinen Kopf.

Unzählige Pfoten knirschten um ihn herum im Schnee, und ein Dutzend hechelnder Wölfe umzingelte ihn.

Alle schienen gleichzeitig zu bellen, und er fragte sich blinzelnd, warum sich der Boden so nah befand. Und wo die Sonne abgeblieben war.

Harrison! rief Nala.

Jeder Herzschlag pumpte das Gift weiter durch seinen Körper. Die Welt schrumpfte zu einem schmalen, wabernden Tunnel.

„Heilige Scheiße. Harrison?“, ertönte die unverwechselbare Stimme von Nalas Bruder zu seiner Rechten. „Herrgott, Mann. Was für ein Kampf.“

Was für Kampf traf es gut, doch es kümmerte Harrison nicht mehr. Nala war in Sicherheit. Bei ihrer Familie. Es war vorbei.

Sein Herz pochte wild. Verdammt, bedeutete das, auch seine Zeit mit ihr war vorbei?

Nein! brüllte seine Seele durch den pulsierenden Schmerz. *Wir verlassen sie nicht. Niemals.*

Nala drängte sich an den anderen Wölfen vorbei und sah ihn mit diesen schier unglaublichen graublauen Augen an. Augen, die flehten: *Bitte, bitte bleib. Bitte sei mein Gefährte. Bitte liebe mich.*

Er hatte sie immer geliebt. Und er würde sie immer lieben.

Einen verblüffenden Moment lang sah er klar, sah das Antlitz des Schicksals, das ihn mit einem müden Grinsen anlächelte. Das Schicksal hatte sie vor so langer Zeit zusammengebracht. Ebenso hatte es die Ereignisse inszeniert, die ihn zwangen, Nala zu verlassen. Plötzlich begriff Harrison. Ein Mann musste sich seine Gefährtin verdienen. Er musste erwachsen werden, musste von einem verlorenen Kind zu einem eigenständigen Mann werden.

Und das hast du getan, murmelte das Schicksal und nickte zufrieden. *Und wie du das hast.*

Harrison blinzelte, und die verschneite Landschaft geriet wieder in Sicht. Genau wie Nala. Seine Gefährtin.

Nala... begann er, endlich bereit, alles auszusprechen. *Ich liebe dich. Will dich. Brauche dich.*

Aber seine gedankliche Stimme klang schwach. Seine Knie zitterten, vor seinen Augen tänzelten Pünktchen. Der Wald neigte sich zur Seite – oder kippte er gerade um?

Harrison! schrie Nala, als er auf den Boden krachte.

Er spürte den Aufschlag, konnte den kalten Schnee unter dem Gesicht fühlen, das Brennen des Gifts in seinen Adern. Und dann... nichts mehr.

Kapitel 6

Eine Woche später...

Nala lief die Stufen zum Gästehaus hinauf und trat leise ein.

Pst! machte ihre Wölfin. *Weck ihn nicht auf.*

Sie schloss die Tür so schnell und geräuschlos wie möglich, schnürte ihre Stiefel auf, schlüpfte in Hausschuhe und eilte zum Bett.

Ihre innere Wölfin wedelte wild mit dem Schwanz. *Gefährte! Gefährte!*

Pst! erinnerte sie das Tier. *Lass ihn schlafen. Das hat er sich verdient. Er hat anstrengende Tage hinter sich.*

Ihre Wölfin brummte zufrieden, als sie daran zurückdachte, wie sehr sie ihren Gefährten in der vergangenen Nacht beschäftigt hatte. Und die Nacht davor und die davor...

An der Stelle bremste sie sich, denn weiter in der Vergangenheit lauerten die unschöneren Erinnerungen an Harrison kurz vor dem Tod. Harrison, wie er ihre Hand hielt und sich flüsternd von ihr verabschiedete. Das Vampirgift hätte sie beinah ihres tapferen Gefährten beraubt – ein Gift, das ihr erspart geblieben war, weil die Vampire ihr Blut für den geplanten Festschmaus rein haben wollten.

Bei dem Gedanken krampfte sich ihr Magen zusammen, und sie schüttelte den Kopf. Harrison ging es dank seiner Stärke und des Könnens der Heilerin des Rudels wieder gut. Nala auch. Alles war gut.

Sie atmete tief durch. Puh.

Die ersten zwei Tagen war es brenzlig gewesen, und sie war nicht von Harrisons Seite gewichen. Am dritten Tag jedoch hatte er die Augen aufgeschlagen. Kurz danach hatte die Heilerin das Gift für beseitigt erklärt.

Jetzt wird die Heilung schneller gehen, hatte die Frau prophezeit. Und wow: Sie hatte recht.

Schon am vierten Tag war Harrison wieder auf den Beinen. Er drehte sogar eine gemächliche Runde durch Miscoe, das kleine Dorf, in dem sie aufgewachsen waren. Die Kinder tuschelten, als er an ihnen vorbeikam.

„Acht Vampire! Er und Nala haben acht Vampire abgewehrt!"

Sämtliche Wölfe auf ihrem Weg nickten ihm anerkennend zu, auch Nalas Schwester Lana und ihr Gefährte Tyler. Als die beiden Wölfe vom Twin Moon Rudel Harrison sahen, steuerten sie auf ihn zu, und Tyler streckte ihm die Hand entgegen.

„Gute Arbeit, Mann." Der Wüstenwolf nickte, ein Lob von einem Helden an einen anderen. „Gute Arbeit."

Für einen Mann weniger Worte kam das geradezu einer Ansprache gleich. Und die Aufrichtigkeit in seiner Stimme verdeutlichte, dass sein Zusammenstoß mit Harrison vor langer, langer Zeit vergeben und vergessen war.

Nala hielt dabei Harrisons linke Hand und spürte, wie er den Griff verstärkte. Davon abgesehen jedoch zuckte ihr Gefährte mit keiner Wimper.

Natürlich nicht. Ihre Wölfin schwoll vor Stolz an. *Er hat sich bewiesen.*

Das hatte er schon hundertmal. Und Mann, war es schön zu sehen, dass es auch Harrison selbst endlich klar wurde. Er überspielte seinen Stolz mit einem bescheidenen Achselzucken und murmelte einen Dank, doch er hatte dabei einen neuen Glanz in den Augen. Einen inneren Frieden.

Nalas Rudel hatte seine Rückkehr gefeiert, und alle behandelten ihn wie einen weiteren Sohn des herrschenden Alphas. Mit anderen Worten: eine Stufe über dem Rest.

„Schön, dass du wieder da bist, Junge", hatte Nalas Vater gemeint, als sich Harrison ausreichend erholt hatte, um Besuch zu empfangen. „Schön, dass du wieder da bist."

„Schön, wieder hier zu sein", gab Harrison zurück. Das leichte Zittern in seiner Stimme verriet, wie tief er die Worte empfand.

Und als ihre Mutter ihn am selben Tag besuchte...

„Gott sei Dank!" Die Rudelführerin umarmte Harrison wie ihr eigen Fleisch und Blut. Sie lehnte sich zurück, um sich die Tränen abzuwischen, dann schüttelte sie den Kopf und umarmte ihn erneut. „Ich bin ja so froh, dass es dir gut geht. Und dass du den Weg nach Hause gefunden hast." Mit schiefgelegtem Kopf sah sie Nala an.

Nala starrte mit großen Augen hin. Wow. Hatte ihre Mutter die ganze Zeit gewusst, dass Harrison ihr vom Schicksal auserkorener Gefährte war?

Als sie ihre Mutter einen Tag später mit der Frage konfrontierte, zwinkerte sie nur und lächelte. „Manche Dinge sind einfach vorherbestimmt, Schatz."

Nala holte tief Luft und sah Harrison an, der friedlich schlief. Manche Dinge schienen tatsächlich vorherbestimmt zu sein. Wie er und sie. Harrison. Ihr Gefährte.

Seit jenen ersten Tagen erholte er sich zwar schnell, trotzdem schlief er nach wie vor stundenlang. Seine Wunden waren nicht völlig verheilt. Doch selbst in dem Zustand war erstaunlich, was er zustande brachte.

Nur einen Kuss, hatte er vor drei Nächten geflüstert. Und Nala hatte ihm mit Freuden zehn gegeben. Zwanzig. Dreißig. So viele, dass sie den Überblick verlor. Und ehe sie sich versah, liebten sie sich langsam und süß.

Bist du sicher, dass es nicht zu viel für dich ist? hatte sie trotz des in ihr lodernden Verlangens gefragt.

Ich brauche es, hatte er erwidert und sie fest an sich gedrückt. *Glaub mir, ich brauche es.*

Auch sie hatte es gebraucht. Die Berührungen, die Intimität. Die Gewissheit, dass wirklich alles in Ordnung war.

In der nächsten Nacht waren sie von einem sanften, heilsamen Liebesspiel zu geradezu verzweifeltem, verruchtem Sex übergegangen. Und seither strahlte Nala förmlich. Nein, den Paarungsbiss hatten sie noch nicht ausgetauscht. Aber das war nur eine Frage der Zeit.

Sie ging zum Bett hinüber, setzte sich vorsichtig darauf, um ihn nicht zu stören, und ließ den Anblick auf sich wirken. Harrison, am Leben. Harrison, ihr Gefährte. Wie konnte sie solches Glück haben?

Sie stellte die Thermoskanne mit Kaffee ab, die ihre Mutter ihr mitgegeben hatte – ein sicheres Zeichen ihrer Zuneigung. Dann schnupperte Nala. Harrisons Geruch vermischte sich mit ihrem, und sie errötete beim Gedanken daran, wie oft sie es miteinander getrieben hatten. Der süße Birkenduft der knisternden Holzscheite im Kamin ergänzte das zarte Lavendelaroma der Decke, die über dem Bett lag. Ihre Großmutter hatte jeden Quadratzentimeter davon genäht, und als ihre Mutter sie für Harrison in der Nacht, in der er fast gestorben wäre, hergebracht hatte, war Nala die Kinnlade aufgeklappt. Diese Steppdecke war ein Familienerbstück – eine nur engsten Verwandten vorbehaltene Ehre.

Er verdient sie, hatte ihre Mutter gemeint und sich eine Träne aus dem Auge gewischt. *Und du verdienst ihn.*

Nala ließ den Blick über das Muster in Form von Bärentatzen wandern, das die Ecke zierte. Verdiente sie Harrison? Sie war sich nicht sicher. Aber sie würde für den Rest ihres Lebens versuchen, seiner würdig zu sein, so viel stand fest.

„Hi", brummte eine tiefe, verschlafene Stimme aus dem Bett. Die Decke rührte sich. Eine breite Hand schob sich darunter hervor und ergriff die von Nala.

„Hi." Sie strich mit dem Daumen über seine Finger, dann berührte sie seine Wange. Überall außer am Kinn und an den Händen fühlte sich seine Haut so glatt an. Sie liebte diesen Kontrast zwischen weich und rau.

Er hob die Decke an und spähte mit leuchtenden blauen Augen zu ihr heraus. Und *wusch!* Wieder schwappte dieselbe Flut von Liebe und Dankbarkeit über sie hinweg, die sie immer empfand, wenn sie ihren Gefährten sah.

„Wie konnte ich solches Glück haben?"

Harrison lächelte. „Ich bin hier der Glückliche."

„Das sagst du andauernd. Aber das sehe ich anders."

Allein der Anblick seines Lächelns ließ ihr Herz höher schlagen. Da sie mittlerweile beide die Gelegenheit gehabt hatten, sich ein wenig zu entspannen, waren die harten Kanten aus seinem Gesicht verschwunden. Ein Hauch von Harrison, dem Jungen, war um die Augen und den Mund herum zurückgekehrt und mit dem älteren, weiseren Harrison zu einer unwiderstehlichen Mischung verschmolzen.

„Kommst du rein?" Er zog an ihrer Hand.

Verdammt ja, und ob. Aber nicht mit angezogenem Anorak. Bei genauerer Überlegung...

„Nur eine Sekunde", murmelte sie und stand auf.

Sie warf den Anorak ab und wickelte sich den Schal vom Hals. Der Schneesturm hatte sich zwar verzogen, aber die Kältewelle, die danach eingesetzt hatte, hielt sich nach wie vor. Als Nächstes zog sie sich den Pullover über den Kopf und scherte sich nicht um die statische Elektrizität, die ihr in die Haare fuhr. Sie war zu beschäftigt damit, das Funkeln und die Lust in Harrisons Augen zu betrachten.

Ja, ihr Bigfoot befand sich eindeutig auf dem Weg der Besserung.

„Es ist so warm hier drin", murmelte sie, während sie die Jeans öffnete.

„Richtig warm", pflichtete er ihr ein wenig atemlos bei.

Nala zog die Jeans aus und ergriff den Saum ihres Shirts – genaugenommen seines Shirts. Sie hatte sich das waldgrüne, langärmlige Stück geliehen, bevor sie an diesem Morgen losgezogen war. Es reichte ihr bis zu den Knien und sah an ihm entschieden besser aus, trotzdem trug sie es mit Begeisterung, weil es seinen Duft beherbergte. Der Anblick von ihr darin hatte ihr etliche hochgezogene Augenbrauen eingebrockt, als sie bei ihren Eltern und ihrer Großmutter vorbeigeschaut hatte, aber darauf achtete Nala längst nicht mehr. Harrison gehörte zu ihr und sie zu ihm. Und verdammt, es fühlte sich gut an.

Seit sie sein Shirt an diesem Morgen übergestreift hatte, wollte sie es nie wieder ausziehen. Trotzdem konnte sie es sich plötzlich gar nicht schnell genug vom Leib reißen. Sie warf es auf einen nahen Stuhl, bevor sie hinter sich griff, um den BH zu öffnen. Nala drehte ihrem Geliebten den Rücken zu, um den Moment hinauszuzögern. War es grausam, einen verwundeten Bigfoot auf die Folter zu spannen?

Sein scharfes Einatmen verriet ihr, dass er es ertragen konnte, zumindest für eine Weile.

Sie zog sich erst eine Socke vom Fuß, dann die andere, bevor sie sich gemächlich aus dem Slip schälte. Dann hob sie die Arme hoch über den Kopf und streckte sich. Sie stand immer noch mit dem Rücken zu ihm, konnte aber förmlich fühlen, wie sein Blick ihre Haut streichelte.

Ein Grollen ertönte vom Bett, und sie drehte sich langsam um, rieb sich dabei die Arme. Die Luft war so kühl, dass sie eine Gänsehaut davon bekam – oder vielleicht lag sie auch am hungrigen Blick ihres Gefährten.

Mein, besagten diese Augen. *Ich habe dich verdient. Ich liebe dich. Ich vergöttere dich, und das werde ich immer.*

Nala schlüpfte zu Harrison unter die Decke und schmiegte sich sofort kuschlig an seine Seite. Der Mann war riesig, und sie waren erst seit ein paar Tagen zusammen, dennoch fühlte es sich so natürlich an, als hätte sie es schon ihr Leben lang gemacht.

„Schön warm", flüsterte er und zog sie näher.

„Perfekt." Sie seufzte.

Es war wirklich perfekt – der perfekte Kontrast zur Kälte draußen. Frost überzog die Fenster. Draußen hörte sie Lanas Kinder mit einem Schlitten vorbeirennen. Das Feuer knisterte leise und vor Leben sprühend.

„Perfekt", flüsterte Harrison, bevor er den Mund auf ihren senkte.

Nala stöhnte und teilte die Lippen, begierig auf seinen Geschmack, seine Berührung, seine Wärme. Wie ein Mann, der so lang allein gewesen war, derart gut küssen konnte, überstieg ihren Verstand. Sie wusste nur, dass sich dadurch sämtliche Gedanken verflüchtigten und heißes, pulsierendes Verlangen zurückblieb.

Nala rutschte näher zu ihm, und er schlang die Hände um ihren Körper.

„Mmm", flüsterte sie, als sie zum Luftholen eine Pause einlegte. „Bist du sicher, dass du bereit dafür bist?"

Er schnaubte. „Ich zeige dir gleich, wie bereit ich bin, Wölfin."

Ihre Hände strichen über seinen Bauch. „Ich weiß nicht recht. Vielleicht sollte ich mir erst deine Wunden ansehen."

Er grinste. Noch vor Tagen war sie verzweifelt wegen seiner Wunden gewesen. In letzter Zeit hingegen benutzte Nala sie meist als billige Ausrede, um ihn anzufassen.

Trotzdem leistete er gerade genug Widerstand, dass es Spaß machte.

„Nala, es ist mir schon gestern gut gegangen. Und heute geht es mir noch besser."

„Lass mich einfach nachsehen."

„Wenn du unbedingt willst..." Mit einem übertriebenen Seufzen ließ er sich zurück auf die Matratze fallen.

Nala setzte sich auf, spannte die Decke wie ein Zelt und kauerte sich auf ihn. „Hm. Die hier verheilt gut." Sie zeichnete die rosa Linie nach, die entlang seiner breiten, harten Brust verlief. Dann betrachtete sie mit gerunzelter Stirn die vier roten Striemen weiter unten, wo ein Vampir ihn tief geschnitten hatte. Die Narben störten sie nicht, die Erinnerungen schon. Harrison hatte sein Leben für sie aufs Spiel gesetzt. Für sie!

Als sie sich hinabbeugte, um seine Brust zwischen den Narben und seinem Nippel zu küssen, fädelte er die Hände in ihr Haar.

Ist schon gut, flüsterte er in ihrem Kopf. *Alles ist gut.*

Mittlerweile schon – aber Mann, war es knapp gewesen.

„Weißt du, was noch wehtut?" Seine Brust weitete sich bei der Frage, und Nala schaute auf.

„Was?"

„Das hier." Er tätschelte die andere Seite seiner Brust.

„Armer Schatz", sagte sie und war froh, dass er die Stimmung wieder aufhellte. „Mal sehen, was ich dagegen tun kann."

Sie umkreiste seine andere Brustwarze mit der Zunge, saugte leicht daran und zog anschließend eine feuchte Spur von Küssen seinen Körper entlang nach unten. Je weiter sie gelangte, desto stiller hielt er. Sie küsste seinen Bauchnabel und fuhr die straffen Linien seiner Bauchmuskeln nach, bevor sie erneut aufschaute.

„Und was ist damit?" Sie streichelte mit einer Hand tiefer in Richtung seiner aufragenden Erektion. „Das muss ich mir vielleicht auch ansehen."

Seine Lippen öffneten sich einen winzigen Spalt, und er nickte stumm.

Nala wanderte tiefer, küsste über seine Haut. Als sie die Hand um seinen Schaft legte, richtete er sich noch steifer, noch härter auf.

„Hm. Mal sehen", murmelte sie und küsste die Eichel.

Seine Finger verstärkten den Griff in ihrem Haar, und ein Schauder ging durch seinen Körper. Ja, das gefiel ihm.

Nala verteilte Küsse über ihn, dann stülpte sie die Lippen über die Eichel und glitt langsam nach unten. Der Mann war beachtlich bestückt. Ein sanfter Riese. Nala hob den Kopf, umspielte die seidige Spitze mit den Lippen, öffnete den Mund weiter und nahm ihn tiefer wieder auf.

Harrison stöhnte und hielt sie noch fester.

Sie glitt so auf und ab, wie er sich in ihr bewegt hatte, als sie das erste Mal zusammen waren – langsam, behutsam. Gleichzeitig spreizte sie die Beine weiter und berührte sich. Harrison hatte in ihr ein bis dahin unbekanntes sinnliches Verlangen erweckt, das sie zu einer erregenden Premiere nach der anderen verleitete – zum Beispiel, an sich herumzuspielen, während sie ihren Gefährten blies.

So schön, übermittelte er ihr stöhnend in den Kopf. *Gott, Nala. Das ist so schön.*

Es wird noch besser, mein Gefährte, versprach sie. *Es wird noch besser.*

Sie senkte die Hüften und strich mit der Scham über sein Bein. Gleich darauf jedoch zog er sie wieder hoch.

„Gefällt dir das nicht?", fragte sie.

Er zog sie weiter nach oben, küsste sie innig und leckte ihr über die Lippen. *Oh, und ob es mir gefällt. Mir gefällt dieser Geschmack an dir.*

Er verschlang sie förmlich, leckte über jeden Winkel ihres Munds. Als wollte er Anspruch auf sie erheben. Sie als sein markieren. Nala zog wimmernd den Körper an seinem auf und ab. Dann spreizte sie die Beine weiter, bis sein Schaft an ihre Pforte stieß.

„Das gefällt mir auch", murmelte sie und bäumte sich auf, um ihm in die Augen zu blicken.

Harrison packte ihre Hüften und stieß in sie.

Nala stöhnte auf und begann, sich auf ihm zu wiegen, ihn tiefer aufzunehmen. „Ja." Sie schnappte Luft, genoss die herrliche Dehnung und lodernde Hitze in ihrem Inneren. „Gott, ja."

Ihr Kinn erhob sich höher und höher, als sie sich auf der Suche nach dem perfekten Winkel weiter und weiter zurücklehnte. Als sie ihn fand, wurden ihre Bewegungen intensiver, und sie verlor allmählich die Kontrolle.

„Ja... ja..."

Mit Harrisons Händen um die Taille fühlte sie sich im Gleichgewicht und geborgen. Und als er sie berührte, explodierte sie vor einem Verlangen, von dem sie wusste, dass sie es allein nie stillen könnte. Sie wiegte sich noch zweimal und genoss das Gefühl, dann beugte sie sich über Harrisons Brust.

„Zeit zu zeigen, was du drauf hast, Mister", flüsterte sie.

Bevor sie auch nur nach Luft schnappen konnte, rollte er sich herum und fixierte ihr die Arme über dem Kopf.

„Ich brauche dich so sehr", säuselte sie stöhnend und rutschte in Position.

„Und ich brauche dich", gab er mit brüchiger Stimme zurück und stieß in sie.

Nala schrie auf und warf den Kopf zurück. „Ja..."

Kein Mann hatte sie je so erregt wie Harrison. Kein Mann hatte sie je so schnell in derartige Ekstase versetzt.

Gefährte, brummte ihre innere Wölfin. *Gefährte.*

Harrison arbeitete sich Stoß für Stoß tiefer, und Nalas Körper tänzelte vor Erregung.

„Wir sind füreinander geschaffen, du und ich", murmelte sie, genau wie bei ihrem ersten Zusammensein. Dabei hatte er Angst gehabt, sie zu verletzen, obwohl sie das Gegenteil empfunden hatte – schieres Vergnügen. Pure Freude.

„Wir sind füreinander geschaffen", pflichtete er ihr bei und zog ihr Knie an seiner Seite höher.

Seine Bewegungen wurden schneller. *Härter.* Eindringlicher. Er verfiel in einen wilden Rhythmus, mit dem Nala kaum noch mithalten konnte. Jedes Mal, wenn er zustieß, krallte sie die Finger in die Laken und spannte die inneren Muskeln an.

Lass los, heulte ihre Wölfin und flehte sie an, die Kontrolle abzugeben und den Ritt einfach zu genießen.

„Harrison. Jetzt. Jetzt…", rief sie, als sie unter ihrem Höhepunkt erschauderte. Obwohl sie die Augen geöffnet hatte, nahm sie alles verschwommen wahr. Harrison, wie er in sie stieß. Die Emotionen in ihr. Die überwältigenden Empfindungen der Lust, beinah zu heftig, um sie zu ertragen.

Harrison schnappte nach Luft und stieß noch zweimal zu, bevor er den Höhepunkt erreichte und sich tief, tief in ihr entlud.

Sie umklammerte seinen Rücken und seine Schultern und schwelgte in ihrer Ekstase, während er ihr ins Ohr murmelte. Ein Nachbeben durchzuckte sie, und sie schrie erneut auf, melkte ihn ein letztes Mal, bevor sie erschlaffte.

„So schön", murmelte sie wieder und wieder.

Langsam arbeitete sich das Knistern des Kamins zurück in ihre Wahrnehmung. Genau wie das entfernte Lachen der Kinder draußen. Diese besondere Ruhe, die mit einem Feiertag und einer dicken Schneedecke einherging. Ihr Gefährte, der sie festhielt. Keine Hektik. Keine Aufregung. Keine Sorgen. Das Leben hatte sich noch nie so schön angefühlt.

Zart betastete sie seinen Hals und flüsterte: „Ich kann Silvester kaum erwarten."

„Ich auch nicht." Er umarmte sie innig.

„Noch drei Tage." Sie rollte sich an seinem Körper ein. Nala fand erstaunlich, wie schnell es ihm gelang, sie von hemmungslos geil zu rundum zufrieden verwandeln.

Sie hatten beschlossen, in der Silvesternacht den Paarungsbiss auszutauschen, und die Vorfreude war dabei das halbe Vergnügen. Und danach – nun, den Rest würden sie sich nach und nach überlegen. Ihr Vater hatte Harrison bereits den Job angeboten, durch die westlichen Gefilde der Wälder zu patrouillieren – eine perfekte Aufgabe für einen Bigfoot. Nala hatte noch ein Semester in Boston zu überstehen, aber alle ihre Kurse fielen auf zwei dicht gedrängte Tage. Der Rest bestand aus Recherchen und Feldarbeit, also konnten sie auch das bewältigen. Und sobald sie ihr Studium beendet hätte, könnte sie dauerhaft zurück nach Hause ziehen.

„Frohe Weihnachten, Liebster", flüsterte sie. Ja, es mochte ein paar Tage zu spät sein, trotzdem fühlte es sich wahrhaftig wie Weihnachten an.

Er schmiegte sich sanft an sie. „Frohe Weihnachten, meine Gefährtin."

Sneak Peek: Verlangen des Bären

Er hat sie nicht vergessen — und sie hat ihm ganz sicher nicht vergeben.

Jessica Macks ist eine Wölfin auf der Flucht vor einer Bande mörderische Abtrünniger. Als sie einen Job in einer Kneipe findet, scheint es ein sicherer Zufluchtsort vor ihrem verfolgten Leben auf der Straße zu sein. Doch sobald sie durch die Schwingtüren des Blue Moon Saloons eintritt und dem Mann gegenübersteht, den sie einst geliebt hat, will sie am liebsten sofort wieder verschwinden. Für diesen vedammten Bärengestaltwandler wird sie ihr Herz auf gar keinen Fall noch einmal riskieren.

Simon Voss dachte, er hätte bei dem Überfall vor einigen Monaten alles verloren: sein Zuhause, seine Familie, seine Vergangenheit. Sein neuer Job im Blue Moon Saloon ist ein dringend benötigter Neubeginn in seinem Leben. Doch dann taucht Jessica auf, die unwiderstehliche Wölfin, die er auf Verlangen seines Clans vor Jahren zurückweisen musste. Als Simon gezwungen ist, Seite an Seite mit der einzigen Frau zu arbeiten, die seinen Bären jemals in Aufruhr gebracht hat, schwebt er zwischen Himmel und Hölle. Er hat sie nicht vergessen und sie hat ihm ganz sicher nicht vergeben. Wird es nur zu erneutem Herzschmerz führen oder ist dies seine letzte Chance, seine Schicksalsgefährtin für sich zu gewinnen?

Hinter den Türen des Blue Moon Saloons begegnen Alpha-Gestaltwandler ihren dunkelsten Ängsten und tiefsten Sehnsüchten.

Aloha Shifters - Juwelen des Herzens

Der Ruf des Drachen (Buch 1)

Der Ruf des Wolfes (Buch 2)

Der Ruf des Bären (Buch 3)

Der Ruf des Tigers (Buch 4)

Die Verlockung des Drachen (Buch 5)

Der Ruf des Fuchses (Buch 6)

Aloha Shifters - Perlen des Verlangens

Drachenrebell (Buch 1)

Bärenrebell (Buch 2)

Löwenrebell (Buch 3)

Wolfsrebell (Buch 4)

Rebellenherz (Buch 5)

Alpharebell (Buch 6)

Töchter des Feuers - Billionaires & Bodyguards

Töchter des Feuers: Paris (Buch 1)

Töchter des Feuers: London (Buch 2)

Töchter des Feuers: Rom (Buch 3)

Töchter des Feuers: Portugal (Buch 4)

Töchter des Feuers: Irland (Buch 5)

Töchter des Feuers: Schottland (Buch 6)

Töchter des Feuers: Venedig (Buch 7)

Töchter des Feuers: Griechenland (Buch 8)

Töchter des Feuers: Schweiz (Buch 9)

Blue Moon Saloon

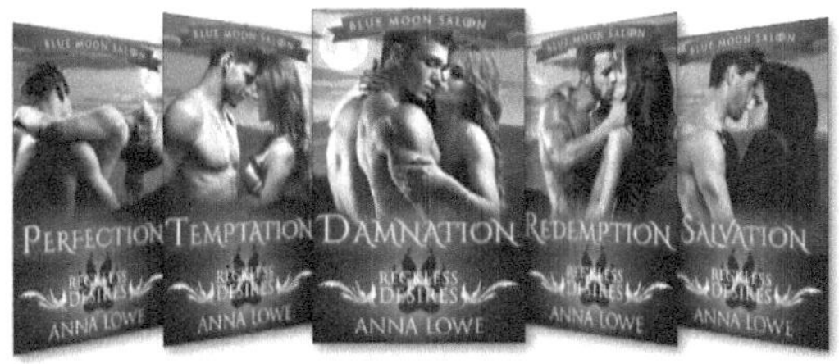

Perfection (die Vorgeschichte in Kurzform)

Damnation (Buch 1)

Temptation (Buch 2)

Redemption (Buch 3)

Salvation (Buch 4)

Deception (Buch 5)

Celebration (ein Festtagsschmaus)

Shifters in Vegas

Paranormal romance with a zany twist. Im englischen Original bei Amazon erhältlich.

Gambling on Trouble

Gambling on Her Dragon

Gambling on Her Bear

Serendipity Adventure Romance

Im englischen Original bei Amazon erhältlich.

Off the Charts

Uncharted

Entangled

Windswept

Adrift

Travel Romance

Im englischen Original bei Amazon erhältlich.

Veiled Fantasies

Island Fantasies

www.annalowe.de

Über Anna Lowe

USA Today und Amazon Bestseller Autorin Anna Lowe schreibt fesselnde Romane mit tatkräftigen Heldinnen und unwiderstehlichen Helden in exotischen Umgebung, mit jeder Menge Zündstoff für scharfe Romantik.

Sie liebt Hunde, Sport und Reisen, die auch die Inspiration für Ihre Bücher liefern. Wenn Anna nicht gerade in die Arbeit an ihrem nächsten Buch vertieft ist, kannst Du Sie am Wochenende beim Wandern in den Bergen antreffen. Egal wo und wie – sie wird den Tag mit einem leckeren Stück Zartbitterschokolade ausklingen lassen.

Einfach mal vorbeischauen, auf **www.annalowe.de**.